우리 힘세고 사나운 용기

우리
힘세고
사나운
용기

기후위기 시대를 살아가는
여성들의 10개의 시선

자본-여성-기후 연구 세미나 기획

배윤민정 보란 윤은성 은수 이상현 이은지 이충열 장수정 최지원 희음

한티재

다음의 기록을 요청하는
'함께'의 기록

우리가 기억하던 날씨는 이제 없다. 절기에 맞춰 피어나던 꽃은 자꾸 약속을 어긴다. 사과와 감자와 땅콩, 그리고 꿀벌이 머잖아 사라질 것이라 한다. TV 속에서 거친 불길이 인다. 불타는 숲에서 노루가 달린다. 다음날엔 폭염으로 축사의 돼지들이 거의 다 죽었다는 소식. 어느 남쪽 나라의 3분의 1가량이 물에 잠겼다는 보도가 이어진다. 대부분 마을이 있던 자리였다. 그곳에서 목숨을 잃거나 삶의 터를 잃은 이들이 셀 수 없도록 많다. 한국도 예외는 아니다. 전례 없이 연이어 집중호우가 있었던 지난해와 올해, 그 두 번의 여름 끝에는 물 밖으로 끝내 나오지 못한 사람들이 수십 명이나 되었다. 물살에 휩쓸리며 울부짖거나 물 밖으로 나오려 몸부림치는 동물들의 모습도 보였다. 사람들은 애도하거나, 애도하지 못하고 막막해 하거나, 그저 주위를 두리번거렸다. 이제 어떻게 해야 하죠? 당신들은 어떻게 하고 있나요? 어떤 마음이며, 무엇을 할 수 있다고 생각하나요?

각자의 마음에 대해서는 깊이 알 수 없다. 다만 움직임이 보인다. 어디까지 왔는지, 얼마만큼 나빠졌는지, 얼마나 더 나빠질 것인지 알아보려는 움직임. 들쭉날쭉한 뉴스와 각기 다른 톤의 전문가 연설, 대중의 이해 정도를 고려하지 않은 그래프가 무성의하게 제공된다. 그럼에도 지나칠 수는 없다. 놓칠세라 정보를 보관하고 저장한다. 나중에 꺼내 보기 위해. 나중의 시간은 주머니 안쪽 깊숙이까지 도달하지 않는다. 대신 주머니에는 새것이 거듭 채워진다. 정보의 주머니가 부풀어 오를수록 저마다의 인식과 감각도 뭉툭해진다.

나중으로 미루는 일은 이다지도 손쉽고 자연스럽지만, 기후생태위기는 나중의 위기가 아니다. 시시각각 대기를 달구고 해수면을 상승시키며, 생명이 사는 자리를 황폐화시키고, 생물다양성 보존을 불가능하게 함은 물론, 취약한 삶의 자리에 놓인 이들을 더욱 극단적인 취약함 속으로 몰아넣는 위기가, 이 땅에 도착한 지 이미 오래다. 하지만 이 위기는 지구에 사는 모든 존재들에게 같은 속도와 같은 깊이로 도착하지는 않으므로, 누군가는 '나중'에다 몸을 기댈 수 있다고 여긴다.

이 '나중'을 경계하는 이들이 모였다. '나중'에는 시간과 거리의 의미가 다 들어 있다. 이웃의 재난을 타자의 재난이라고도, 자신에게는 아직 오지 않은 재난이라고도 생각하지 않는 이들이 모인 것이다. 그리하여 도처의 기후재난을 마주함에 있어,

스스로의 자리를 묻는 일로써 알고 생각하고 느끼기를 시작하려는 이들. 이 질문을 보다 정확하고 뾰족하게 하기 위해 지금의 기후생태위기를 낳은 사회·경제·정치적 체제에 대해 알고자 했던 이들. '자본-여성-기후 연구 세미나'의 지붕 아래에서 이에 관한 지식과 대화를 부지런히 쌓아 나간 이들.

그렇게 서로의 지식과 대화를 겹치고 교차하면서 자신의 삶과 경험을 새롭게 읽어 낸 작업의 합이 『우리 힘세고 사나운 용기』다. '함께'의 기록인 셈이다. 각기 다른 위치에 선 열 명의 여성 및 젠더퀴어 필자들이 자기 자신에게서 시작해 '함께'의 한가운데로 나아가고 거듭나는 사유와 실천의 고백록이다. 지금 여기의 기후생태위기 앞에서, 생존, 생계, 일상의 존속이 철저하게 각자의 몫으로 맡겨진 삶의 위기 앞에서, 주머니만을 부풀리는 일을 단호히 중단하고 용기 있게 멈추어 서서 자신의 앞과 옆과 뒤를 돌아보고 사회 전체를 돌아보는 글이다.

필자들은 이 세계의 보편 가치로 자리 잡은 자본주의, 능력주의, 각자도생, 타자화의 논리가 어떻게 필자들의 삶에도 뿌리내려 왔는지를 각기 다른 구체적인 경험의 궤적을 통해 고백한다. 이 같은 고백이 중요한 것은 이들 논리가 지금의 기후생태위기를 불러온 원인과도 다르지 않기 때문이다. 나아가 필자들은 이 논리의 구조물을 어떻게 뒤흔들 수 있을지를 고민하면서 부분적으로나마 각각의 전망과 상상을 전개한다. 이는 저마다 각기 다르게 끌어안아야 하는 위기와 재난 앞에서 다시 함께 서로를 일으키며 공동으로 살아가기 위한 방법과 방향이 무엇일지를 모색하는 일에 다름 아니다.

상상하고 희망한다. 책을 읽던 당신이 이 책의 마지막 페이지를 덮으며, 부풀어 오르기 바쁘던 '나중'이라는 주머니를 마침내 있는 힘껏 잘라 낼 수 있기를. 기후생태위기를 살아가는 당신 자신의 삶을 다시 짚으며 당신에게서 시작하는 이야기로 '사납고 힘센 용기'를 써 내려갈 수 있기를.

필자들과 함께 희음

지금 내가 있는 곳을 시작으로

✛✛ 공동체와 공존

이 기후의 사랑*

최지원

우리 절망의 이야기꾼

주목, 당신의 삶과

너무 닮은 비극에

우리 성실히 채굴된 몸

매력적이고

결국 병을 얻은

망가지는 우리의 집

훼손되고 있는데

꽁꽁 감추고

눈을 감아 버린다

작은 믿음

미약한 가능성

우리의 편이 아니고

시냇물 마르고
마을이 잠기고
나무 깨끗이 잘리고
뚝뚝
매일의 실패

*

우리의 행성
찬란함만을 원한다

멸종은 우스워 하면서
대화는 두려워하면서

한 세월이 흘러가 버렸고

✦　세미나 녹취록을 가지고 콜라주한 것을 바탕으로 씀.

포기해야 할까?

모든 것이 연결되어 있으니까

한 번 더 해 보죠

모든 것이 연결되어 있으니까

가장 낮은 곳의

가벼운 목소리

심지어 노래도 부르면서

최후의 최후까지

말하는 사람과

친구들

우리 힘세고 사나운 용기

이 기후의 사랑

곁의 존재들과
함께
뿌리내리기

기후생태위기

농가에는
슬픔의
영(靈)들이 떠돌고

————————

기후생태위기 시대

농업 구조와

여성 농민에 관한 소고

윤은성

내 엄마의 하루는 새벽 4시 30분에 시작된다. 새벽 기도에 참석하시기 때문이다. 농촌 교회는 도시의 교회보다 새벽 예배가 열리는 시각이 이르다. 농사일이 동이 틀 무렵부터 시작되기 마련이라 새벽 예배는 그보다 이른 것이다. 날씨가 최악이었던 때를 제외하고 엄마는 30년 가까이 그 루틴을 지키셨다. 참석자는 많지 않다. 주로 엄마를 비롯해 노년기로 접어드는 여성들 두세 명이 그 자리를 지킨다. 간절한 마음 없이 그 시간에 참여하기는 쉽지 않다.

가족들을 위한 기도.

신께 올리는 그 기도.

가족의 건강이 회복되기를. 혼기를 놓친 딸이 좋은 배우자를 만나 믿음의 가정을 이루기를. 엄마는 진지하게 요청하신다. 이웃을 사랑하는 자녀들이 되기를. 신께 쓰임 받는 종들이 되게 해 주시기를. 내가 사랑하는 엄마의 기도에 나는 긴장감을 많이 느낀다. 사실 한국 사회에서 기독교를 함께 떠올리면 마음이 편할 수는 없다. 종교로부터 형성된 혐오의 기류가 사회에 만연하다. 더구나 마주하고 있는 기후생태위기 상황을 초래한 원인을 찾다 보면 기독교와 결합한 식민주의가 뿌리 깊게 관련이 있다는 것은 어렵지 않게 알게 된다.

한편 모녀 관계가 자주 그렇게 묘사되곤 하듯 엄마와 내가 서로를 잘 모른다고, 미워한다고 써야 속이 편할 것 같다. 하지만 나는 엄마의 신앙에 담긴 곡진함에 대하여 모른다고 말하기 어렵다. '딸'이라서 그런 것이냐는 스스로의 질문에, 부당하게 느껴지고 복잡한 마음이 듦에도 그렇다고 해야겠다. 이 글은 엄마 이야기이자, 엄마의 신앙을 핑계로 한 내 이야기, 엄마를 둘러싼 농촌의 공기에 관한 작고 욱신거리는 기록이다.

슬픔의 영(靈)

나의 친할머니, 그러니까 엄마의 시어머니는 한때까지 불자(佛者)셨다. 나는 어릴 적 할머니를 따라 곧잘 지역의 사찰인 봉덕사(奉德寺)에 갔다. 할머니는 고추 모종을 심다가 다 굽은 몸으로 예불을 드리셨다. 나도 곁눈질로 할머니가 절하면 따라 절하고, 일어나면 나도 일어났다. 쬐끄만 게, 절을 참 잘하는구나. 기도 시간이 다 끝나면 나는 주지 스님께 칭찬을 들었다. 그러면 할머니는 기뻐하셨다.

우리가 절에 갔을 때,

엄마는 못자리 기계에 모판을 넣고

흙과 볍씨를 뿌리고 계셨다.

할아버지는 유가의 예를 다하는 분이셨다. 한학(漢學)을 어려서 공부한 세대셨으며 손자들을 지역 향교(鄕校)에 보내 사자

소학을 배우게 하셨다. 두루마기를 입고 점잖게 걷곤 하시던 모습이 떠오른다. 평소 손녀딸인 나를 인이 박이도록 '가스낙년'이라는 말로 남자 형제들과 구별하며 부르시는 할아버지셨다. "부생아신(父生我身)하시고 모국오신(母鞠吾身)이로다." 아버지 날 낳으시고, 어머니 날 기르셨도다. "신체발부(身體髮膚)이면 수지부모(受之父母)라." 몸을 상하게 하면 부모를 상하게 하는 것과 같도다. 한자를 잘 쓰면 향교 선생님들께 칭찬을 들었다. 그러면 할아버지가 기뻐하셨다.

내가 동생의 손을 잡고 향교에 갔을 때,

엄마는 수지가 안 맞는 배나무 가지를 잘라 내고,

거기에 질 좋은 새 품종 배 가지를 접붙이느라 진땀을 빼고 계셨다.

여기에 한 분 더. 나의 외할머니는 무속 신앙심이 깊으셨다. 많은 기억은 없지만, 외갓집 내부에 자그마하게 차려져 있던 신주(神主)와 거기에 켜져 있던 촛불이 떠오른다. 불씨를 꺼뜨리지 않고 내내 켜 놓았던 것 같다. 집 안엔 퀴퀴한 메주 냄새와 묘하고 은은한 향냄새가 같이 배어 있었다. 우리 애기가 어쯔케 다 왔다냐. 공부한다고 바쁜디 어쯔케 다 왔다냐. 외할머니는 내가 당신의 집에 온 것만으로도 눈물 나게 기뻐하셨다. 멀지도 않았는데 명절에나 가던 외갓집을 우리 세 남매는 여러 핑계를 대고 자주 가지 않았다. 엄마가 서운해 하셨다. 읍에 있는 학원으로

간 오빠는 당연히 바빴고, 도서관에 가곤 하던 나도 좀 바쁘기 시작했으며, 한창 독립적이기 시작했던 동생도 바빴다.

우리가 바쁠 때,

엄마는 외갓집에 산적해 있는 집안일을 하고 계셨다.

누군가 빠르게 고쳐 주지 않는 외갓집 살림을 이리저리 살펴보며

다음에, 다음엔 꼭 고쳐 드려야지 다짐하고 계셨다.

엄마에 의하면 외갓집엔 슬픔의 영(靈)이 떠돈다고 했다.

전화할 곳

딸아, 엄마는 이제 전화할 데가 없어졌어야. 외할머니께서 돌아가신 후 엄마는 내게 전화 걸어 종종 슬픔을 내비치신다. 왜, 지금 나하고 통화하고 있잖아. 그런 것과 다르다고 하셨다. 전화할 데가 없어졌어. 그러다 휴대전화 너머로 내가 분주한 기색이 보이면 엄마는 바로 끊을 채비를 하신다. 말로만. 말로만 채비를 하신다. 그래, 얼마나 바쁘냐, 내아 딸아. 그리곤 다른 화두를 던지신다. 그래, 그렇지, 바쁘지, 내아 딸아. 이 말투는 외할머니의 것. 또 내 엄마의 것. 그래, 딸아. 엄마 말 좀 들어 줄래? 이 말은 전화 통화의 초반부가 아니라 후반부에 오는 말.

딸아, 바쁘냐. 잠이 얼마나 모자라냐.

잠이 모자란 건 내가 아니라 엄마인데. 엄마는 수면 부족에 시달리셨다. 엄마는 초저녁에 누웠다가 10시에도 깨시고, 자정에도 깨시고, 뜬눈으로 밤잠을 이루지 못하기도 하신다. 주무시다 깨시는 건 누군가 엄마를 찾는 사람이 있다는 뜻. 결국 한번 깬 잠을 다시 이루지 못하는 건 새벽 기도에 가셔야 하기 때문. 그 시간을 놓치면 엄마의 마음을 신께 알릴 수가 없기 때문.

엄마, 제발 주무세요. 낮에라도 주무세요. 수면제라도 드세요. 부작용이 있으면 잠깐 끊으시면 되잖아요. 하루 종일 멍하게 좀 있지 말고. 넋 나간 사람처럼 왜 그러시는 거예요? 새벽 기도를 가지 말고 오전 내내 주무세요. 새벽 기도를 가실 거면 일찍 주무시면 되잖아요. 밤에 깰 것 같으면 낮에 주무시면 되잖아요. 낮에 이제 일 좀 줄이세요. 자식들 다 키웠는데 왜 계속 일을 하려고 하세요? 이건 두 아이의 아빠인 내 오빠의 말. 이제 막 결혼한 내 동생의 말. 그리고 나의 말. 매일 무얼 하는지 알 수 없는, 하나밖에 없는 딸자식인 나의 말.

루틴

가족들이 보기에 우리 집에서 평소 뭘 하고 지내는지 가장 불투명한 사람은 바로 나다. 나는 사회적으로 승인된 고정된 일과랄 게 없는, 말하자면 프리랜서이기 때문이다. (프리랜서라니, 이 말이 나의 일과를 단숨에 사회적 승인의 용어로 규정해 줘서 편리함과 어리둥절함을 동시에 느낀다고 써 둬야겠다.)

그렇다면 우리 집에서 무얼 하는지 가장 선명한 사람은 누굴까. 아무래도 가정을 꾸리고 직장 생활을 하는 두 형제일 것 같다. 한편 하루의 루틴이 정확한 사람은 엄마이지만, 동시에 엄마는 예측하지 못할 동선을 그리셨다. 때때로 전화 통화가 안 되기도 했다. 그러면 아빠는 애타 하며 내게 전화하셨다.

느그 엄마가 전화를 받냐, 안 받냐?

그러고 보면 무얼 하고 계실지 실시간으로 가장 투명한 사람은 아빠라고 해야겠다. 계절에 따라 정확한 루틴을 반복해야만 하는 숙명적인 사람. 자연에 둘러싸여 있지만 아이러니하게도 생산성에 민감해진 사람. 자연이라는 변수와 먹거리 제도의 부당함을 안고도 농사로 자녀들을 대학에 보낸 사람. 때로 이주 노동자들을 동원해 일하고, 말이 통하지 않아 그들과 무언의 언쟁을 하는 사람.

일 좀 누가 해 줬으면.

저녁상 술김에 푸념을 뱉는 사람.

엄마는 먼 곳으로 혼자 떠나는 걸 두려워하시는 편이다. 그런 엄마는 어딘가로 자주 사라지신다. 내가 아는 엄마라면 근처

노인들을 돌보러 가셨을 것이다. 얼른 다녀오려는 기동성이 있는 걸음이시겠지. 엄마는 전도하기 위해 밑반찬을 만드신다. 밑반찬을 드리기 위해 전도도 하신다. 그리고 내게 전화를 거신다. 그 노인이 얼마나 짠한지 아냐. 그럼 나는 그 노인과 그 자식들의 소식까지 듣는다. 엄마, 휴대전화 잘 챙겨 다니세요. 제발 전화하면 한 번에 좀 받으세요.

그런 엄마는 아빠가 모르는 작물을 작은 밭에다 가외로 기르신다. 얼마 전 부모님 댁에 내려갔을 때 엄마 일 돕는다고 나섰다가 엄마가 데려간 곳에는 못 보던 못생긴 열매가 덩굴에 매달려 있었다. 녹황색 다각형 모양의 마(麻)였다. 그건 아빠 기준엔 큰돈으로 연결이 안 됐지만, 엄마 기준엔 여기저기 선물하거나 용돈 벌이할 수 있는 요긴한 화수분이었다.✚ 농산물 판매 수입은 모두 아빠 통장으로 들어왔기 때문에, 엄마는 사실상 아빠에게 요청해 생활비를 받아야만 했다. 아빠는 주된 가업인 논일, 그리고 특수농작물인 밤호박 하우스 일에서 장비가 필요한 대부분의 일을 맡아서 하신다. 그 모든 일을 두 분이 함께 작업하는 틈틈이, 엄마는 밭뙈기에서 콩, 토마토, 상추, 감자…와 같

✚　노동과 재생산 노동이 분리되지 않는 현장에서 농촌 여성은 평생을 보낸다. 다양한 돌봄 노동과 재생산 노동은 정당하게 인정받지 못한다. 한편 농가에 대한 정책적인 지원 제도가 있다고 해도 농민 개개인이 아닌 농가 단위로 묶여, 여성 농민의 경우 남성 농민에게 종속되어 농민 개인의 지위를 인정받기 어렵다. 박지은, 「농촌가족노동의 분화와 여성의 역할」, 『농촌사회』 제30집 2호, 한국농촌사회학회, 2020, 65쪽.

은 채소에 시간을 더 들였다가 집안일도 하셨다.

그 모든 건 우리가 먹지.

가족과 노인들이 먹을 반찬.

엄마가 구원으로 그토록 이끌고 싶은 사람들을 위한 반찬.

살려 달라는 엄마의 말을 들어준 유일한 존재는 엄마의 신. 엄마는 한낮에도 신을 만나시는 것 같다. 엄마의 고요하지만 화난 낯선 얼굴을 보곤 한다. 한번씩 환상 속에 계시는 것 같다. 엄마. 아니 괜찮냐고. 좀 주무셔요. 하지만 엄마는 평소 도무지 신과 대화를 하기 어렵다고 내게 토로하신다. 딸아. 너는 많이 배웠으니까 이런 것도 좀 아냐. 서울에서 교회에 다니니까 이런 것도 좀 아냐. 엄마는 성경책도 안 봐지고, 하나님 음성도 못 듣겠다. 안 들리는데 어떡하냐.

폭우

나는 엄마와 다른 이유로 삶에서 막막함을 느끼고 있었다. 살면서 연인과의 이별이란 것을 몇 번 한 뒤엔 상실감이나 죄책감과 같은 후폭풍도 어려운 것이었지만, 내가 사랑이란 것을 잘 지키고 발전시킬 수 있는 사람인지 의심스러웠다. 이런 나는 아이러니하게도, 내가 구하지 못할 더 큰 사안 앞에서 쩔쩔

매고 있었다. 서울 외곽 도시의 구옥 빌라 반지하 방에서 지내며 2022년 8월 폭우가 쏟아지던 긴 날들을 보낼 때, 건물 외벽에 스민 빗물이 가장 지대가 낮은 나의 방 천장으로 고여 들었다가, 방바닥으로 뚝뚝 떨어지기 시작했다. 설상가상으로 하수관에 물이 차 바닥에서 물이 스며 와 방엔 금방 물이 찼다. 임기응변했지만 심란함은 이루 말할 수 없었다.

벽을 뚫고 내게 쏟아질 것만 같은, 며칠째 잦아들지 않는 거센 빗소리를 들었다.

신경이 곤두선 채 선잠이 들 때, 그러다 결국 천장 벽지를 뜯어내어 고인 물을 한바탕 모두 쏟아 내야만 했을 때. 나는 특정되지 않는 누군가가 몹시 그리웠고, 누구에게라도 연락하고 싶었다. 내가 힘들다는 이유였지만 한편으론 궁금했다. 무탈하게 있는지. 울고 있기나 한 건 아닌지. 누군가로 특정되지도 않는데 어째서 그런 마음이 드는 건지 알기 어려웠다. 이게 소위 '기후 우울증'이란 것의 한 증상이라고도 할 수 있나. 이 정도로 비가 오면 생태계가 한바탕 뒤집어졌을 텐데. 산도, 농지도, 해안도 피해를 볼 텐데. 도시의 경우는 도시로서의 피해가 심각했다. 이 아수라장을 어떻게 납득해야 하는가. 물속에 잠겨 있는 기분을 이겨 내기 어려웠다. 젖은 책만 봐도 울화가 치밀었다.

피해를 받는 이가 있다면 피해를 준 이는 누구인가.

피해를 준 이에게 당신은 명백하게 피해를 주었다고 어떻게 말해야 하는가.

　이사 직후 하나 알게 된 게 있다. 그 빌라는 지붕 한쪽이 훼손돼 있었다. 세입자 중 한 사람이 위에 올라가서 찍어 단체 메신저 대화방에 올려 주었다. 나 말고도 세입자들이 크고 작은 수해를 입은 상태였다. 서로 다른 각 세대 집주인들은 서로에게 책임을 넘기기에 바빴다. 아무런 피해 보상도 없었다. 천재지변인 걸 자신들이 어떡하냐고 했다. 자신들도 피해자라고 했다. 이런 건물인 줄 알았으면 애초에 구입하지도 않았을 거라고 했다. 어처구니가 없었다. 사람이 살 수 있는 곳을 매물로 내놓으셔야죠. 그래서 저렴하게 그동안 입주해 있던 거 아니냐고 했다. 씨름할 겨를 없이 만기일을 맞았고, 나는 쫓기듯 또 한 번의 이사를 감행했다. 제때 보증금을 빼 준다고 생색내는 걸 듣고 있어야 했다.

　이 일을 떠올리면 머리도 마음도 새하얘진다.

　당시의 폭우로 참사가 이어졌다.

　신림동 다세대주택 반지하에 살던 발달장애인 언니를 비롯한 일가족 세 명이 목숨을 잃었다. 상도동 반지하 주택에 살던 50대 여성이 목숨을 잃었다. 대통령실은 참사를 국정 홍보에 활용했다. 카드 뉴스를 제작해 반지하 참사를 구경거리로 만들었다. 이미지는 비판을 받았고 바로 삭제 조치됐다.

생존 우울

인문학 전공자이자 시 창작자인 나는 재정적인 안정을 꾀했지만 잘되지 않았다. 농가에서 살면서 나를 비롯한 친구들이 동일시했던 건 도시에서의 생활이었지 농촌이 아니었다. 대학 입시를 준비했고, 그 과정에서 많은 친구와의 우정 관계를 잘 지키지 못했다. 고등학생 시절을 생각하면 서글프다. 지금의 내 속내는 이렇다. 어차피 이렇게 경제적인 안정권에 속하지 않는 삶을 살 바에야, 어려서부터 경쟁심이라도 덜 체득하고 더 많이 관계를 누리며 긴장 없이 지낼걸.

한편 나는 인문학을 공부하고 연구자가 되겠다는 일종의 숭고한 이유로 대학원에 들어갔고, 회사에 들어가지 않았을 뿐 자신의 능력치를 끌어올리는 것에 너무 많은 에너지를 썼다. 좋은 연구자의 기본을 닦는 것이라 여겼지만 도태되지 않기 위해, 적어도 덜 창피하기 위해 끊임없이 발제문을 작성했고, 매 학기 기말 페이퍼는 마감에 늦었다. 나는 내 어떤 욕망이 나를 대학원으로 이끌었고, 적성에 안 맞는 방식의 삶을 끝까지 마무리하도록 이끌었는지 생각할 겨를이 없었다. 모든 게 잘되지 않았다. 동료들을 견제하고, 피해 의식이 있었으며, 능력이 부족한 나를 탓하면서 끊임없이 제도 내에서의 일말의 성취라도 바랐다. 그러다 이런 생각도 했다. 이대로 죽으면 되니까, 그럼 못해도 괜찮지. 안 해도 괜찮지.

그럼 잠시 마법처럼 황홀하고 편안해졌다.

때때로 나는 몹시 고향으로 돌아가고 싶다. 하지만 정말 그래도 괜찮을까? 돌아간다 해도 거기서 할 수 있는 일을 찾기가 쉽지 않을 텐데. 또, 거기에 머물려는 나를 가족들이 온전히 받아들일 수 있을는지. 종종 유튜브로 귀농·귀촌 일상을 다룬 콘텐츠 영상을 볼 때 위화감이 든다. 더없이 평온하지만, 그 이면에 어쩐지 울컥하게 만드는 어떤 긴장감이 서려 있을 것만 같아서다. 농촌을 떠나온 내가 도시에서 살다가 다시 고향으로 내려간다면 패배감이 느껴질 수도 있을 듯하다. 이러한 내가 선택하는 '귀향'은 대안적인 삶을 추구하며 선택할 수 있는 '귀농'·'귀촌'과는 결이 다를 테다. 그렇다. 내게 농촌과 도시는 모두 외롭게 하는 곳들이었다. 내게 도시가 전쟁터 같았다면, 이 도시로 나오는 것을 목표로 살아온 어린 시절 역시 전쟁의 연장선이었다. 생존하고 싶었다.

농촌. 그곳은 자연인가? 대지를 개간해 경작해 온 농경지는 자연인가? 종종 떠오른다. 거대한 대지를 개간한 곳에 물을 대고 모를 심는 한 사람의 이미지를 말이다. 농기구조차 없이 허리를 구부려 논에 모를 심는 한 사람의 이미지를 말이다. 연둣빛 모가 심기는 동안 논에 고인 물에 빛이 일렁이고, 크고 작은 무지개가 자주 나타나는 곳. 굽힌 허리 위로 잠자리가 날고 제비가 나는 곳.

다만 너무 큰 경작지. 다만 발이 푹푹 빠지는 논. 어쩐 일인지 내가 간직한 이미지 속 논에는 누구인지 모를 단 한 사람이 모를 심고 있다. 어느 틈에 그 장면에선 탈탈거리는 농기구도 보인다. 농기구는 대지와 비교해 터무니없이 작다. 작고 녹슨 농기구로 그 광활한 곳에 내내 모를 심는 게 영원히 불가능해 보인다. 영원히 끝나지 않을 것처럼 보인다. 그리고 창고에 들어가 혼자 울고 있는, 한 여자가 보인다.

대지의 사람들

아빠는 이앙기를 조작해서 논에 모내기를 하셨다. 모내기는 벼 모종을 논에 심는 과정이다. 규격이 정해진 모판에서 싹을 틔운 모를 떼어내 이앙기에 차곡차곡 넣고 물이 채워진 논 위로 운전해 나가면 모가 여러 줄 동시에 심긴다. 그렇게 여러 차례 논을 왕복하면 정렬된 형태로 모내기가 끝난다. 땡볕에서 이앙기를 조작하는 아빠는 피로해 보였다. 말을 붙이기 어려웠다.

이앙기가 들어가지 못하는 사각지대나 좁은 영토의 논도 있었고, 굽은 논도 있었다. 그곳엔 사람이 일일이 손으로 모를 한

줌씩 떼어내 심어야 했다. 젊었던 엄마는 장화를 신고 논에 들어가 허리를 구부려 모를 심었다. 한번 논에 들어가면 들고 나는 과정이 복잡하고 부산스러워 쉽게 나올 수 없었다. 내 가장 원초적인 기억 중 하나는 엄마가 내게 모유 수유를 하기 위해 논에서 나와야 하는데, 나오려는 엄마를 내가 거부했던 것이다. 이 기억이 정말 내 기억인지, 들은 내용인지는 불확실하다. 그 장면을 곱씹으면 아이 시절의 내가 집안의 약자인 엄마로 하여금 나를 돌보지 말고 가업에 종사하는 순간에 집중할 것을 종용하는 행위였다고 해석된다. 엄마는 내게 말한 적 있다. 논에 있을 때 젖 물리려는 핑계로 밖으로 나오고 싶었는데 아이마저 자신을 그리 두지 않아 서러웠다고 말이다. 그런 날들에 엄마의 몸속에서 붙어 있던 모유는 상해 있었다고 한다.

나의 부모님은 벼농사에 주력하는 농가에서 일부 노지를 배 과수원으로 변경했다가 실패한 후, 수요가 점차 생겨나고 있던 특수농작물인 '밤호박' 재배를 본격적으로 시작하셨다. 모두 뼈아픈 시도였다. 밤호박 판로가 알음알음 확보되면서 부모님은 나를 포함한 삼남매를 양육할 수 있었다. 개인 단위 농가가 한 해 한 해를 보내는 과정은 안온할 수 없이 살벌했다. 부모님은 자녀들을 모두 키워 내고 나서도 조금이라도 경제활동을 지속하려 하신다. 나는 그분들이 바라던 대로 도시에 잘 안착했는지 잘 모르겠다. 기후의 붕괴를 실감하는 와중 도시와 농촌의 삶

구조를 따져 보고 있는 지금의 나를 보신다면 부모님의 근심은 커지실까 모르겠다.

기후정의와 농업 구조와 나

대학원 수료에 맞추어 나는 기후생태위기 상황을 곰곰이 생각하던 마음을 용기 내어 확장해 보기로 했다. 진로에 있어서는 정해진 게 없었지만, 나는 관계적으로 소중한 경험을 쌓아 가게 되었다. 엄마의 기도 덕분일까. 타인의 아픔 앞에서 솔직하게 함께 아파하는 사람들, 구조적인 폭력 앞에서 도망치지 않으려는 사람들이 존재한다는 것을 알고 반가움이 컸다. 마치 꼭 만나야 할 비밀의 동지들을, 전설로만 전해 내려온 용감하고 다정한 용사들을 만나는 봉인이 해제된 것만 같았다. 나는 제주도에 평화 순례를 다녀왔고, '기후위기 앞에 선 창작자들'과 '기후위기 기독인 연대'의 작당 모의에 참여했으며, 사회적 참사 앞에서 상실의 아픔을 함께 위로했다. '자본-여성-기후 연구 세미나'에 참여하면서, 농촌 출신인 내 정체성을 돌아보게도 되었다. 특히 세계 자본주의 구조 속 한국 농업이 갖는 의미를 내 시각으로 면밀하게 곱씹어 보는 기회가 되었다. 여기서 나의 부모님을, 특히 엄마를 떠올리는 것은 자연스러웠다.

나는 기후위기를 초래한 탄소 배출의 역사적 누적량과 관련하여, 또 토질 저하와 수질 오염과 관련하여 공장식 농업의 악영향을 마주해 보았다. 부모님의 농업이 놓인 자리를 조심스레 짚어 보았다. 내가 먹고, 입고, 공부할 때의 모든 자원은 토양에서 났고, 농약과 화학비료에서 났다. 이렇게 생각하니 서글프다. 그 과정에서 농촌 생태계의 많은 생명이 처했을 고통을 떠올리면 숨이 막혀 온다. 그렇다고 농업인 개인의 힘으로 개선하기는 어렵다. 농민 개개인의 농업 방식을 비난한다면 나는 괴로움을 감추기 어려울 것 같다. 조심스레 적어 본다. 우리 사회에서 농업은 정책에서 배제될 수밖에 없었다. 세계 무역시장에서도 정부는 우리 농업을 희생시키는 선택을 하지 않았는가. 특히 경제성장이 지금까지도 최우선의 목표라고 생각하는 시대착오적인 정권하에서 심지어 식량 자급 문제마저 뒷전이 되고 있지 않은가 말이다.

　개인적인 괴로움을 확장해 이해해 보건대, 현재의 농업 판도가 나는 몹시 안타깝다. 더구나 지금이 기후와 생태계의 위기 상황이며 이것이 최우선적으로 고려되어야 한다는 관점에서 보건대 농업에 관한 단편적인 시선들에도, 정책에 대해서도 화가 난다. 현재 농업에 있어 집중되고 있는 지원 정책은 스마트팜과 관련되어 있다. 스마트농업의 실이익이, 지금까지의 방식으로 농업에 종사해 온 고령의 농민들에게 가는 건 불가능하다.

청년 농민을 육성하는 데에는 스마트팜 지원이 효과가 있어 보인다. 그러나 기후위기와 관련하여 스마트농업은 기후변화에 적응하는 소극적 대응이지, 상황을 전환하는 근본적인 대책이 될 수 없다.✚ 한편 먹거리는 재화로 구입해 소비하는 단순 소비재가 아니다. 농산물을 생산 영역과 결부하는 상상력을 공적으로 더 확장할 수는 없을까. 농산물을 생태계와 연결하는, 참담한 마음을 지원 정책에 담을 수는 없을까.

농민 개인의 일이 아니다

먹거리 시장을 지금까지 해외 농산물과의 경쟁 체제에 부쳐온 자유무역시장 정책하에서 나의 부모님을 비롯한 농민들은 중층적인 압박감을 느껴 왔다. 농업을 대규모 공장식으로 확장

✚   늘 먹던 식자재를 몇십 년 후에는 먹지 못하게 된다고 생각하면, 과학기술을 이용하여 적절한 환경을 인위적으로라도 조성해 작물 생산량을 보전하는 것은 일견 타당해 보인다. 그러나 스마트팜 산업이 기후변화를 멈추려는 노력인 것은 아니다. 스마트팜 산업에는 센서, 전자부품, 광원, 통신소자, 배터리 등 농업 투입재 정보 관리, 농업용 정보통신기술(ICT) 자재 조달, 농자재 등의 후방 산업이 따른다. 스마트농법을 현실화하는 데에 오히려 많은 탄소가 배출된다는 것이다. 그 과정에서 설비 투자에 대한 부담은 농민에게, 그 이익은 기업에게 가는 구조가 양산된다. 또한 스마트팜을 육성하겠다는 지원 정책은 현재를 살아가고 있는 고령화된 기존 농업인과 농촌 지역을 오히려 배제하는 정책이다.

하지 않는 한 한 가정을 꾸리는 것은 결코 쉬운 일이 아니다. 한정된 땅에서 이윤을 내려고 땅을 추출하는 방식을 썼다. 정당화될 수 없을, 바로 이것이 화학비료와 농약이 사용되는 이유였다. 또한 내가 느낀 농민들은 서로를 견제한다. 농지는 농지이기 이전에 '땅'으로서 생태적 순환 체계에 속해 있으며, 농법은 한 지역 내 농업 전체에 서로 영향을 끼친다. 그와 같은 농지에서 누군가 새로운 시도를 한다는 건 운명공동체의 주류 방식을 거스르는 것을 뜻한다.

결국 이 상황에서 대안적 농법을 시도하는 것은 고스란히 개인의 선택에 달렸고, 결과 역시 개인의 몫이다. 농법의 대대적인 전환이 쉽지 않으리라는 것이다. 결국 농산물을 수입 농산물과의 경쟁에 내몰지 않고 제도적으로 안전하게 농가를 지원하며 식량 자급까지 도모하는 정책, 그리고 토양에 탄소를 남겨 둘 수 있는 무경운 농법 등 기후위기 상황에 적실하게 대응하는 전환적 농법을 지원하는 정책이 힘 있게 시도되어야 하지 않을까.[+]

내가 가닿게 된 건, 무엇보다 우리 사회 전체를 재편할 시스템 마련이 필요하다는 것이다. 이는 기후위기 상황에서 적실한 경제체제를 연구해 온 많은 이들이 이른바 '녹색 성장'을 비판하며 강조하는 바이기도 하다. 물론 요원한 일이다. 그에 앞서 농업에 대한 실효성 있는 지원과 지속 가능한 농업을 위한 농법

개발, 그리고 정책 마련에 대한 합의가 있어야 한다. 그러기 위해서는 농산물 소비자의 일원인 도시 시민들의 관심, 그리고 농가의 인식 전환이 필요하다. 나는 그 일련의 연관을 계속 살피며 공유하고 싶다. 여기서 농촌 여성의 인권이 중층적으로 소외되어 있다는 것이 더욱 말해져야 함은 당연하다. 농촌에 거주하는 결혼 이주 여성의 숨겨진 자리가 이 지점에서야 내게 겨우 새로이 보이기도 했음을 고백해야겠다.

나를 지탱해 준 모든 근원은 농업의 근원이기도 한 햇볕과 물에서 온 것이라고도 해야겠다. 기도에서 온 것이라고도 해야하겠다. 도시에 성공적으로 진입하기를 바라는 나. 그리고 농촌을 잊었다 다시 떠올리며 무엇을 바라야 할지 짚어 보는 나. 이 사이 어딘가에서 이 글을 썼다. 내가 다 감당할 수 없는 큰 사안에 대하여 말했다. 내가 경제를 말하고 정책을 논하는 게 낯설다. 다만 제도적으로 모두 평안할 수 있도록, 파괴적인 경쟁 시스템에 서로를 내몰지 않는 사회를 원한다. 또 그렇게 함께 살아가자고 청하고 싶다. 그게 종국에는 이전부터 당연하게 생각해 온, '성취'를 이루는 삶과는 다를지라도 말이다.

✦ '무경운 농법'은 땅을 갈지 않고 토양에 유기물이 축적되도록 하여, 그것이 퇴비를 축적하는 효과와 탄소를 토양 속에 보존하는 효과로 이어지는 농법이다. 봄이 되면 논밭을 가는 게 관행이었지만, 기후위기를 맞아 변화의 조짐이 있다. 서승신, 「흙에 탄소 가두는 '무경운 농법' 주목」, KBS 뉴스, 2021. 12. 22.

하얗게 타 버린 마음으로부터

다시 한번 엄마를 떠올린다. 내 엄마는 일하며 마음을 지키기 위해 숱하게 성경 강독 음원을 이어폰으로 들으셨다. 한쪽 귀를 잃게 된 엄마는 수술을 받으셨다. 수술은 잘 끝나 염증은 제거되었다. 현재 엄마는 수술 받은 귀의 청력을 거의 잃으셨다.

자신을 위한 기도를 엄마는 하실 수 없으셨냐고, 묻기 어렵다. 마음이 하얘진다.

혹 다른 사람을 위한 기도만이 이루어지는 건 아닐까.

내가 떠나보낸 것 앞에서 무력함을 느끼면 하얘진 마음으로 기도를 하게 되는 걸까.

발 딛고 선
모든 자리의
돌봄

기후생태위기 앞에서

보편적 돌봄 소득을 말하기

희음

가장 먼저 울고 가장 나중까지 우는 사람?

　　기후운동을 시작한 지 3년째다. 운동을 하게 된 결정적인 계기랄 것은 없지만 마음이 움튼 시기는 분명 있었다. 2018년부터 기후변화에 대한 소식을 어렴풋하게나마 간간이 접해 왔다. 이 기후변화가 인간의 활동, 특히 산업화 이후의 개발과 성장에 의한 것임을 부정할 수 없다는 이야기를 듣기도 했다. 지구의 온도가 기하급수적으로 오르지 않게 붙드는 최후의 안전망이라고도 할 수 있는 세계 곳곳의 영구동토층이 녹을 위험도 있다고 했다. 이처럼 재앙과도 같은 피해가 예상되는 와중에 최상위 부자들과 각국 정상들을 위한 피난처인 거대 돔이 지어지고 있다는 소식도 들려왔다. 무엇이 되었든 인정하고 싶지 않았다. 인정한다 한들 냉소와 무기력으로 직행하기에 적격인 뉴스였다. 아무것도 못 들은 듯, 나와는 상관없는 다른 세계의 이야기인 듯 딴청을 피우고 싶게 만드는 소식들이었다.

　하지만 외면하고 싶은 마음은 오래 가지 않았다. 그럴 수 없었다. 단지 우리가 사는 땅과 기후가 지금의 삶을 위협하는 수준으로 변한다는 사실 때문이 아니라 그 사실 앞에서 먼저 움직이는 이들을 보았기 때문이다. 그들은 피하지 않고 직시하려 했다. 깊이 슬퍼하고 분노했다. 무엇이 문제인지를 아프게 짚으며, 다 쉬어 버린 목으로도, 깊은 한숨과 울음 사이사이로도 뜨겹게 부르짖었다. 이대로는 안 된다고, 지상의 숱한 생명을 착취하고 파괴하며 지구를 가열화하는 지금의 이 폭력적인 시스템을 멈춰야 한다고, 모두가 함께 온전히 살아가야만 한다고 맨몸으로 외쳤다. 그들은 대개 청소년, 청년, 그리고 여성인 경우가 많았다.

나는 수년간 제도권 바깥에서 다양한 세미나를 열고 또 참여하면서 철학과 인문학을 공부했고, 2016년에는 등단을 통해 시인이라는 이름을 얻기도 했다. 예술가, 혹은 문학 하는 사람이라는 정체성이 나를 꼿꼿이 서게 했다. 깨어 있는 사람, 안주하지 않고 공부하는 사람이라는 말을 들을 때면 우쭐했다. 무엇보다 '시인이란 가장 먼저 울고 가장 나중까지 우는 사람이다'라는 명제를 어딘가에서 듣고 마음에 품었을 때가 가장 뿌듯했다. 세상이 내가 쓰는 시의 빛을 발견하지 못한다 싶을 때면 그 명제의 주어 자리에 자꾸 스스로를 갖다 놓았다. 나는 우는 사람이다. 시로써 먼저 울고 나중까지 우는 사람이다.

그러던 중에, 부르짖는 목소리를 듣게 된 것이다. 그 목소리는 도래한 기후생태위기 앞에서 자신뿐 아니라 자신보다 더 취약하고 가난한 자리에 있는 이들의 이야기를 함께 하고 있었다. 이 세계의 구석으로 밀려나 그곳에 존재가 있고 삶이 있음을 드러내는 일조차 투쟁으로 삼아야 하는 이들, 재난 앞에 속수무책일 수밖에 없으며 육박해 오는 위험들 앞에서 스스로 즉각적인 퇴로를 마련하기가 좀처럼 쉽지 않은 이들. 예컨대 장애인과 노인, 미등록 이주민, 홈리스, 비인간 동물 등의 이야기를 말이다.

나는 한없이 부끄러워졌다. 내가 다만 십수 개의 문장으로 이루어진 시를 통해 가장 먼저 울고 가장 나중까지 우는 사람이라고 자부할 때, 몇 편의 시를 반복적으로 매만지며 스스로에게 취해 우쭐해 할 때, 그들은 온몸으로 울고 있었던 것이다. 질문하지 않을 수 없었다. 내가 쓴 시들은 진짜 울음이었을까. 그렇지 않았다. 절대 그렇지 않았다. 단지 몇 방울의 눈물을 섞어서 쓴 문장들이 부끄러웠다. 그 문장들은 고통이 있는 자리로부터 늘 어느 정도의 거리를 두고 있었다. 안전함을 위한 거리였다. 그 고통들은 내 삶을 침범하지 않았다. 이걸 왜 진작 알아차리지 못했을까. 부끄러움에 델 것만 같았다. 흰 바탕 위에 매끈하게 타이핑 된 내 검은 글씨들이 나라는 사람과 엉망으로 뒤엉켜 녹아내릴 것만 같았다. 앞으로 아무것도 쓰지 못할 것 같고, 써서는 안 될 것 같았다. 난 이제 어떻게 해야 하지?

외침의 무게를 나누어 드는 마음

질문의 시간은 길지 않았다. 온몸으로 먼저 우는 이들이 내 눈앞에 있었으니까. 바로 그들이 시인이었다. 그들에게 자꾸 시선이 갔다. 그리고 생각했다. 이들을 좇고 이들을 돕고 이들을 따라 하면 되지 않을까. 지나가는 의례처럼 단독으로 말끔히 우는 것이 아니라, 나 아닌 이들의 땀과 눈물과 오물과 냄새를 묻히고 넘겨받으며 얽히고 기대어서 울기.

시나 문학은 내게 더는 예전만큼 중요한 것이 아니었다. 무엇보다 기후생태위기로, 온갖 구조적인 착취와 추출로 지금 당장의 삶을 박탈당하는 이들, 그럴 위험에 처한 이들의 자리를 보다 가깝게 느끼게 된 다음부터는 특히 그랬다. 흔들림 없이 빳빳하게 지면 위에 아로새겨진 미학적 저항을 예전과 같은 마음으로 찬미할 수 없었다. 그것의 가치는 삶보다 앞설 수 없었고, 지금 여기의 삶과 생명을 구하려는 당장의 몸짓과 실질적인 조력보다 앞설 수 없었다.

책을 읽고 공부를 하는 일 또한 여전히 설레는 것이기는 했지만 배움의 방법과 과정과 의미가 달라져야 했다. 고정된 역사 위에서 매끈하게 잘 짜인 지식을 쌓아 가는 게 아니라 틈을 벌리는 목소리를 배워야 했다. 기후생태위기를 초래한 이 세계의 문법에 이의를 제기하는 목소리. 지금의 이 폭력적인 시스템을 문제 삼고, 모두가 함께 온전히 살아가는 다른 방식을 찾아야 한다고 맨몸으로 외치는 이들이 바로 그런 목소리의 진원이었다.

일면식 하나 없는, 소셜미디어나 인터넷 기사를 통해 마주했을 뿐인 그들이었지만 그 절박한 외침과 눈물이 내 삶의 정중앙으로 파고들었다. 그다음은 결심이었다. 그들 곁에 서야겠다는 결심이 생겼다. 그들이 멘 짐을 나누어 들고 싶었다. 그러기 위해서는 문제에 대해 제대로 알아야 했다. 마침 인권운동사랑방이라는 오랜 인권시민단체에서 기후위기와 인권을 주제로 하는 공부 및 리서치 모임을 조직하고 있었고 나는 그곳에 자원 활동가 자격으로 합류했다. 그것이 내 기후운동의 시작이었다.

이후 나는 '기후위기 앞에 선 창작자들'이라는 이름으로 뜻이 맞는 주변 창작자들을 모았다. 시 쓰기란 이제 더는 가장 먼저 울고 가장 나중까지 울기 위한 숭고한 작업이 아니었지만, 소통과 연결의 좋은 매개라는 점까지 부정할 수는 없었다. 그러므로 앞으로 시 쓰기는 내게 무엇이어야 할지 물어야 했다. 특히 이 기후생태위기의 시대에 창작을 이어 간다는 것은 어떤 의미인지, 이 시대에 창작이 보탤 수 있는 작은 힘이란 무엇인지를 여럿이 함께 고민해 보고 싶었다.

우리는 독서와 리서치, 토론과 대화로 우리의 시간을 채워 나갔다. 기후생태위기를 화두로 삼고 있는 책과 영화를 보고, 이에 관한 다양한 시와 에세이, 소설, 설치 및 영상 작품을 탐색하고 되짚으며 이야기를 나눴다. 우루루 거리로 몰려 나가, 모두가 함께 구상하고 기획한 예술행동을 펼쳐 보이기도 했다. 2022년 초부터는 '멸종반란한국'의 멤버로 합류해 활동을 시작했다. 그곳에서 "돈보다 생명"이라는 구호를 입술과 손발과 삶 전체로 말하는 활동가들을 만났다.

그들 중 몇은 부산 가덕도신공항 특별법을 졸속으로 통과시킨 민주당에 항의해 민주당사 출입문에 쇠사슬로 자신의 목을 묶으며 울부짖었고 지붕 위에 올라가 외치기도 했다. 가덕도는 멸종위기종들이 살아가는 서식지였고 가덕도에 형성된 습지 눌차만은 그 무엇보다 뛰어난 탄소흡수원이었다. 있던 공항도 문을 닫는 이 기후생태위기 시대에 신공항을 건설하겠다는 아이디어 자체만으로도 파괴적인 것이라 할 수 있었다. 하지만 지속적인 개발과 채굴만이 경제를 살리고 나라를 부흥시키는 일이라는 믿음이 한 사회의 보편 통념일 때 그 흐름을 깨기 위해선 누구라도 줄기차게 외쳐야 한다. 아주 많은 방법으로, 더 많은 이들에게 들리고, 더 많은 이들의 마음을 돌려세울 때까지. 멸종반란 활동가들이 민주당사 앞에서 직접행동을 벌인 것 또한 이 같은 절박함 때문이었다.✚

✚ 　멸종반란 활동가 여섯 명은 2021년 3월, 가덕도신공항 특별법에 저항해 민주당사 앞에서 기후불복종 직접행동을 벌였고, 당시 현장에 출동한 경찰에 의해 즉시 연행되었다. 이후 검찰은 공동주거침입과 집시법 위반 혐의로 이들을 약식 기소했다. 법원은 2021년 12월, 이 주장을 받아들여 여섯 명의 활동가에게 총 2,000만 원이라는 벌금형의 약식 명령을 내렸다. 활동가들은 기후불복종 직접행동의 정당성을 주장하기 위해 이에 불복하여 정식 재판을 청구했다. 일곱 차례에 걸친 재판 끝에 2023년 4월, 재판부는 2,000만 원의 벌금을 1,100만 원 감형하여 총 900만 원을 선고했다.

"제 돌봄을 받아 보시겠어요?"

하지만 이 일을 지속하는 것은 그리 쉬운 일이 아니었다. 개발과 채굴을 멈추고 멸종을 앞당기는 이 파괴적인 행위들을 멈추라고 줄기차게 외치는 일은 아름다웠지만 지난했고, 누구든 지치게 하는 일이었다. 멸종반란 활동가들의 경우, 그때그때 현장으로 달려가거나 기후생태위기에 대한 더 많은 관심과 더 나은 담론을 만들어 내기 위한 일들을 기획하느라 후원 시스템조차 마련할 여력이 없었다. 활동가들은 활동비 하나 없이 자신의 마음과 시간과 노동력을 활동에 썼다. 한 사람이 지치면 그 옆의 사람이, 그 옆의 사람이 지치면 잠깐 숨을 돌렸던 이가 다시금 활동의 구멍을 메우는 식이었다. 생계를 잇고 자기 돌봄을 행하는 건 당연하게도 각자의 사정과 재량에 달려 있었다.

어느 날엔 활동가 A의 말을 들었다. 누구보다 활동에 열심이었던 이였다. 어느 현장이든 나타나 피를 토하듯 이 폭력과 수탈을 당장 멈추라 외쳤고 그러다가도 이내 웃으며 낭랑한 음색으로 평화를 노래하던 이였다. 누구라도 A의 곁에 있으면 언제까지나 함께 걷고 외치고 노래할 수 있을 것처럼 느꼈다. 그렇게 건강한 에너지를 가진 사람이었다. 그런 그가 놀랍도록 차가워진 얼굴로 어떤 이야기를 꺼낸 것이다. 이런 식은 도무지 지속가능하지가 않은 것 같아요. 나 자신을 지키고 돌보는 데 너무 소홀했어요. 이건 정말 아닌 것 같아.

그 뒤로 한동안은 A의 얼굴이 잘 보이지 않았다. 그러다 머잖아 한 지면을 통해 그의 깊은 고백과도 같은 글을 만나게 되었다.✚ 그곳에는 온갖 현장을 쫓아다니고 주변 사람들을 조직하고 챙기느라 생계가 뒷전이던 어느 날 정신을 차려 보니 통장 잔고가 0원이었다는 A의 이야기가 쓰여 있었다. 아픈 곳이 있어서 진료와 검사를 받아 봐야겠다고 생각한 바로 그때 통장이 비었다는 사실을 발견한 것이다. 그 같은 상황에 맞닥뜨려서야 A는 지금 자신이 서 있는 자리를 보았고 날것의 막막함을 마주했다.

하지만 다행하게도 이 장면이 결말은 아니었다. 그 즈음, 많이 지쳐 보이던 A에게 활동가 B가 위로와 격려를 전하기 위해 메시지로 말을 걸어왔다. A는 자신의 상황을 털어놓았는데, 이야길 들은 B가 대뜸 이런 말을 했다. "제 돌봄을 받아 보시겠어요?" 그 돌봄은 100만 원이라는 돈이었다. B는 100만 원이라는 그 돈 역시 돌봄을 통해 받은 돈이라는 설명을 덧붙였다. B가 말하는 돌봄이란 '십시일반 기본소득'이라는 프로그램이었다. 지금은 A 역시 그 프로그램의 회로 안에 있다. 그리고 A는 오늘도 여전히 식지 않은 목소리로 곳곳의 현장에서 걷고 소리치고 노래한다.

✚   은혜, 「무너지는 세상의 균형을 잡는 일」, 『바람과 물』 6호, 2022. 10.

조건 없는 돌봄의 환대: 십시일반 기본소득 프로젝트

'십시일반 기본소득 프로젝트' 역시 멸종반란에서 활동하는 C가 기획한 프로그램이었다.✝ C는 2017년 초, 지리산 자락에 미리 정착한 선배들이 뒤에 온 청년들이 자리를 잡는 데 조금은 덜 힘들기를 바라면서 시작한 프로젝트인 '지리산청년활력기금'을 눈여겨보았고, 그 놀라운 온기를 늘 마음에 새기고 있었다고 한다. 대안학교 교사로 누구보다 바쁘게 일하고 활동하는 중에도 늘 주변의 삶을 돌아보곤 했던 C는 2022년 초, 한 친구의 삶을 살피며 그가 월세나 생활비에 대한 걱정 없이 마음껏 활동을 할 수 있으면 좋겠다는 마음을 갖게 되었다. 지리산청년활력기금의 온기를 이어 나가 보자 싶었다. C는 곧바로 십시일반 기본소득 프로젝트를 기획하고 실행했다. 월 5만 원씩 기여할 열 명의 동지를 모아 매달 50만 원씩 1년간 지원이 필요한 활동가에게 선물하는 프로젝트였다. 기여자 역시 활동가인 경우가 많았다. 사정이 크게 나을 게 없는데도 누군가의 삶을 긍정하는 일에 동참하는 마음으로 매달 5만 원을 선뜻 내주기로 한 것이다.

C는 이 프로젝트 속의 '기본'이라는 단어를 이렇게 재정의한다. "우리 모두는 각자의 이유로, 각자의 색으로, 누군가에게 판단됨 없이 살아갈 수 있는 고유한 존재들"이며, 조건 없이 각

자의 몫으로 주어지는 소득은 "최소한의 토대"이자 "환대"가 될 것이라고. 그리고 이 토대와 환대가 누구나의 삶에 기본값이 되어야 한다고. 자기 스스로를 이어 갈 물적이고 정서적인 뒷받침을 그는 '기본'으로 삼고 있었던 것이다. 여기서 토대와 환대라는 '기본'은 '독립'이나 '자립'의 개념과는 전혀 다른 것이다. 그것은 내가 아닌 다른 누군가로부터 오며, 그 누군가로 이루어진 공동의 사회로부터 온다. 이는 각자도생과 소유와 증식과 팽창과 경쟁과 착취를 기본값으로 하는 지금의 자본주의적 상징체계를 전복하는 상상력이기도 하다.

돌봄 실천을 통해 사회에 균열을 내는 일

그렇다. 지금의 자본주의적 상징체계 안에서는 독립과 자립이 시민의 기본 소양이자 상식이 된다. 모두가 서로 다른 환경에서 각기 다른 신체 조건과 자질을 갖고 태어난다는 사실, 누구나 자립할 수 있는 건 아니라는 사실은 침묵에 붙여진다. 또한 사용가치가 아닌 교환가치가 자본주의를 굴리는 제1의 법칙

✦　해당 내용은 활동가 자우의 블로그 포스트를 참고해 썼다. https://blog.naver.com/jawoo0513

이 되는 것처럼, 이 사회의 성원들 사이에도 공정한 '교환' 혹은 교환 행위만이 가장 합리적인 것이자 선한 것이 된다. 대가나 증명 없이 누군가에게 돈이나 물질을 증여받거나 선물받는 건 파렴치한 일로 여겨지거나 부채로 간주된다. 때로 의도를 의심받기도 하며, 그 행위로 인해 전에 없던 권력관계가 생겨나기도 한다. 이런 사회에서는 각 개인의 신체 조건과 다양한 사정들, 지향은 고려되지 않는다. 누구든 스스로의 얼굴을 지운 채 사회가 인정한 노동 채굴 현장으로 걸어 들어가야 한다.

얼핏 보면 이는 누구나에게 열린 문인 듯 보이지만 사실 이 문을 통과하는 것은 쉬운 일이 아니다. 이를 위해서는 스스로의 효용가치, 즉 GDP 수치에 기여하는 가치를 생산할 수 있는 능력과, 시간을 쪼개어 그 능력을 개발하는 열의와 성실성을 부지런히 증명해야만 한다. 잠을 줄이고 수명을 줄여 가며 자본주의적 생산과 소비구조의 충직한 톱니이자 착한 소모품이 되도록 스스로를 상품화해야만 하는 것이다. 이 살벌한 각자도생의 투쟁에 매달리느라 지금의 시스템을 의심하거나 비판하거나 다른 상상을 할 틈이 없다. 시간도 여력도 없다. 다른 데 눈을 돌리는 순간 미끄러진다. 자본주의사회에서의 적응과 성취라는, 가파르고 앙상한 계단에서 말이다.

이런 사회에서 십시일반 기본소득 프로젝트라니. 한 사회의 이다지도 촘촘한 정치경제적 규범의 내재화 전략의 거미줄에 잡히지 않을 수 있다니. 단지 상상이나 사유에 그치는 것이 아니라 그걸 실천으로 옮기다니. 나는 이 일이 특정한 공적 지원 시스템을 빌린 것도 아니며 외부적인 의무나 강제도 없이 순전히 한 활동가의 선의로 시작되었다는 사실에도 놀랐다. 또 이 같은 시도가 한참 전에도 이미 있었다는 사실에. 무엇보다 이 프로젝트를 기다렸다는 듯 환영하면서 기꺼이 자신이 가진 것을 내어줌으로써 기여하려는 이들이 이렇게나 많다는 사실에.

이 마음들이 다 무엇일까 생각하면 한 단어가 필연처럼 떠오른다. '돌봄' 말이다. 이는 앞에서 활동가 B가 활동가 A에게 자신이 가진 것을 아낌없이 내어주면서 했던 말이기도 하다. "제 돌봄을 받아 보시겠어요?" 이보다 적확한 말하기가 어디에 또 있을까. 100만 원은 단지 100만 원의 화폐가 아니었다. 100만 원어치의 물건 값을 치를 수 있는 돈, 교환가치를 갖는 물신적 수단이 아니었던 것이다. 그것은 누가 뭐래도 마음이었다. 돌보는 마음 말이다. 서로의 삶을 돌보려는 마음이 아니었다면, 나아가 세상을 돌보려는 마음이 아니었다면 B가 A에게 100만 원을 성큼 내어주는 일은 절대로 가능하지 않았을 것이다. 얼굴 모르는 이들이 저마다의 주머니를 열어서 모은 돈이 B에게 건네지는 일 또한 가능하지 않았을 것이다.

이 같은 돌봄은 인간이 야기한 기후생태위기 앞에서 이대로는 안 된다며, 당장 이 파괴와 채굴과 착취의 내달림을 멈춰 세우라고 외치는 움직임들과도 흡사하다. 이 마음을 접하는 누구라도 그 다정하고도 힘센 마음을 본받거나 닮고 싶어진다는 점에서, 어느 한 사람을 존재만으로 오롯이 수용하고 환대하는 일이 이렇게 아름답다는 진실을 깨우치게 한다는 점에서, 이 시도와 움직임은 착취와 자기 소유와 경쟁과 각자도생이 보편 가치로 자리 잡고 있는 사회에 꽤나 큰 균열을 내는 일이 아닐까 생각한다.

보편적 기본소득의 한계: 재생산과 소비의 문제

이 일은 한편 묻게 만들기도 한다. 이것이 왜 한 개인에 의해 시도되어야 하는 일인지를. 자신을 돌보고 서로를 돌보고 세상을 돌보기 위해 쓰이는 비용을 왜 사회가 제공하지 않는지를. 그것이 서로를 살리고 기후생태위기에 처한 세상을 복원하는 데 쓰이는 것이라면 그 일은 사회가 책임지는 게 마땅하지 않은지를 말이다.

자신을 돌보고 서로를 돌보고 세상을 돌보며 살아가는 데 드는 기본적인 비용을 사회가 책임지는 것, 즉 보편적 기본소득과 같은 장치가 중요한 이유는 또 있다. 이를 통해 개인은 생계 노동에 대한 경제적 강박에서 벗어날 수 있고, 이 같은 조건은 각자도생과 능력주의에 찌든 지금의 보편 이데올로기에 대해 질문을 시작하게 하는 강력한 힘이 될 수 있다. 생계 노동에 개인이 가진 매일의 에너지를 남김없이 소진하도록 하는 지금의 사회는 질문할 힘조차 소진시키기 때문이다. 이 힘을 비축하도록 해 주는 보편적 기본소득은 결국 보다 많은 이들이 공적인 일에 민주적으로 참여할 수 있게 하는 토대이자, 이 사회를 움직여 온 오류투성이 시스템을 심문하고 변화시킬 수 있는 발판이라고도 할 수 있다.

보편적 기본소득에 대한 주장과 토론은 일각에서 이미 활발히 이뤄지고 있기도 하다. 지금의 선별적 복지가 갖는 한계에 대한 비판의 목소리도 높다. 현 복지체계하에서는 복지의 대상이 되고자 자신의 가난과 취약함을 증명하는 데 심적, 물리적 에너지를 쓰느라 다시금 소진되고 취약해지는 경우가 허다하다. '표준'과 '정상' 수준에 한참이나 미달되는 사정에 놓여야만 겨우 미약한 지원을 하는 시스템은 그 자체로 시혜적이다. 그러므로 누구든 자격을 질문 받거나 평가 시스템을 통과하지 않고도 기본적인 생계를 유지할 수 있도록 모두에게 동일한 일정 소득을 지급하는 것이 필요하다. 이것이 보편적 기본소득의 개념이다.

그런데 나는 지금의 기후생태위기 시대에는 여기에 또 하나의 가치를 반드시 새겨 넣어야 한다고 본다. 앞서 십시일반 기본소득 프로젝트와 관련해 언급한 바 있는데, 그것은 다름 아닌 '돌봄'이라는 가치다. '기본소득' 혹은 '보편적 기본소득'의 개념만으로 충분하지 않은 이유는, 자본주의적 생산 체제를 기본으로 하는 시스템 내에서 기본소득이란 생산을 위한 '재생산 비용'으로 등치되기 십상이기 때문이다. 또 그것은 대량생산이 낳은 생산물을 '소비'하기 위한 비용으로 받아들여지기가 쉽기 때문이다. 소비를 유지하고 진작시키는 일은 착취와 추출, 팽창을 기반으로 하는 대기업 중심의 자본주의적 생산 체제를 지속시킬 뿐 아니라, 남성의 얼굴을 한 생산노동의 컨베이어 벨트가 기세등등하게 계속 돌아가도록 만든다.

GDP의 핵심 동력인 임금노동의 이목구비가 이처럼 더욱 또렷해지는 동안 그림자 영역에 있던 무임금의 가사·돌봄 노동의 윤곽은 점점 더 희미해지다 못해 유령 같은 게 되어 버릴지도 모른다. 자칫 잘못하면 이 '기본소득'이 자본주의적 생산 체제를 더욱 고요하게 조력하는 역할을 하게 될 수도 있다는 이야기다. 돈과 폭력을 합리로 둔갑시켜 자원을 추출하고 생명을 탈취함으로써 더 많이 만들고 더 많이 버리게 하면서 기후생태위기를 가속화하는 지금의 생산 체제를 조력하는 역할 말이다.

모든 자리의 돌봄을 위한 기반: 보편적 돌봄 소득

그러므로 나는 기본소득에 반드시 돌봄의 가치와 이름을 결합시켜야 한다고 믿는다. 실비아 페데리치는 가사 노동에 대한 '임금 운동'이 가사 노동을 탈젠더화하여 가사·돌봄 노동이 여성의 노동이라는 신화를 타파하는 혁명적인 일이었다고 진단한다.[+] 하지만 그 가사·돌봄 노동을 제대로 탈젠더화하는 데 '임금'이라는 자본주의적 통로를 필히 경유해야만 하는 것일까. 우리에게 필요한 것은 자본주의가 비가치화한 것을 자본적 교환가치로 바꾸어 내는 일이 아니라, 가사·돌봄 노동이 젠더를 초월할 뿐 아니라 자본주의의 물신인 교환가치도 뛰어넘는 일임을 역설하는 일이 아닐까. 교환가치로 계량된 노동과 상품의 세계가 얼마나 많은 인간과 비인간 동물, 자연생태계를 채굴하고 파괴하며 지속 불가능한 상태로 만드는지를 드러내는 일과 함께.

앞서 언급했듯 가사·돌봄 노동이 단순히 생산을 위한 재생산 노동이 아니라 존재를 유지하고 살리는 일, 즉 모두에게 부과된, 모두를 위한 필수 노동임을 사회 전체가 인식하고 합의하기 위해서는, 그에 대한 '임금화'도 아니고 '기본소득'이라는 이

[+] 실비아 페데리치, 『혁명의 영점』, 황성원 옮김, 갈무리, 2013.

름도 아닌 다른 장치와 이름이 필요하다고 생각한다. 그것이 바로 모두를 위한 "보편적 돌봄 소득"✚이라는 장치, 그리고 의미화다. 보편적 기본소득이라는 제도적 장치에 '돌봄'의 가치를 기입하는 일. 이 또한 완벽한 것이라 할 수는 없겠지만, 이를 통해 지금의 자본주의적 생산노동의 주류화와 가사·돌봄 노동을 여성화·주변화하여 폄하하는 흐름을 깨는 일을 시작할 수 있다고 본다. 그렇게 스스로를 돌보고 서로를 돌보고 세상을 돌보는 일을 누구나의 일로, 또 모두의 일로 삼을 수 있다면, 그리하여 그 일이 우리 대부분에게 가장 중요한 가치가 된다면 자본주의적 생산 시스템은 아마도 지금처럼 공고하지는 않을 것이다.

보편적 돌봄이란 "직접적인 대인 돌봄뿐 아니라 공동체를 유지하고 지구 자체를 유지하는 데 필요한 모든 종류의 돌봄에 대해 모두가 공동의 책임을 지는 사회적 이상"을 말한다.✚✚ 인간만을 관계 맺기와 상호 의존의 대상으로 두는 것이 아니라 비인간 동물, 자연생태계까지를 포괄하는 돌봄. 모든 생명체 사이에서 이루어지는 거의 모든 형태의 돌봄. 돌보는 자와 돌봄 받는 자가 뒤엉키거나 수시로 자리를 바꾸는 일. 더 케어 컬렉티브는 이것을 "난잡한 돌봄의 윤리"라 칭하기도 한다.✚✚✚

보편적 돌봄은 자본주의사회가 핵심적 가치로 내세우는 쓸모와 이윤과 효율과 속도 앞에서 콧방귀를 뀐다. 나는 이 콧방귀가 모두의 일상 속으로 넓고 깊게 침투한 사회를 꿈꾼다. 자신을 돌보는 일과 세상을 돌보는 일이 양자택일의 양팔 저울 위에 놓인 일이 아니라, 이 두 가지가 당당히 서로를 떠받치는 사회를 원한다. 그것이 몇몇 개인의 헌신적인 선의에 의해 만들어지는 것이 아니라, 우리가 기지개를 켜며 일어났을 때 무심코 발 딛고 선 모든 자리가 이미 그런 곳이기를 바란다. 이를 위해서는 안정적인 사회적 장치와 믿음직한 물적 토대가 마련되는 것이 필수일 터이다. 보편적 돌봄 소득이 바로 이 같은 사회로 나아가게 하는 첫 번째 씨앗일 것이라고 나는 믿는다.

✦   '보편적 돌봄 소득'은 『탈성장과 전략』 16장에서 아주 짧게 언급되었다. 나단 발로우 외 지음, 탈성장과대안연구소 옮김, 2023.

✦✦   더 케어 컬렉티브, 『돌봄 선언』, 정소영 옮김, 니케북스, 2021.

✦✦✦   위의 책.

이것은 결국

인간의 이야기다

————

은수

성인이 된 이후로 많은 변화가 있었지만, 변함없이 좋아하는 게 있다. 바로 천변을 걸으며 새들이 뭘 하는지 구경하는 일이다. 지금은 이사했지만, 예전에 살던 본가 바로 뒤에 갑천이 있었다. 집에서 학교까지의 거리는 승용차로 10분도 채 걸리지 않을 정도로 가까웠는데, 대중교통을 이용하려면 최소 40분이 걸렸다. 사실상 걸어가는 것과 별반 차이가 없었다. 게다가 번번이 육교 위에서 이제 막 떠나는 버스 뒤꽁무니를 보며 의미 없이 분노하기를 몇 차례 반복한 끝에 그냥 걸어가는 게 속 편하겠다는 생각이 들었다. 그래서 날이 좋은 봄학기에는 거의 걸어다녔고, 가을학기에는 9월부터 첫눈이 내리는 11월 초까지 걸어다녔다.

이른 봄, 아침 수업에 가기 위해 천변을 따라 걸으면, 흰뺨검둥오리 가족들이 아침 햇살에 반짝이는 물길 속을 분주히 휘젓고 다니는 모습을 볼 수 있다. (오후 세 시 즈음 가 보면 삼삼오오 모여 고개를 몸 쪽으로 돌리고 얼굴을 파묻은 채 자는 모습을 볼 수 있다. 반면, 육아를 담당하는 흰뺨검둥오리는 천방지축 돌아다니는 아기 새들을 돌보느라 그 시간에도 바쁘다.) 작고 아름다운 쇠백로는 주로 혼자 있다. 긴 다리로 유유자적 거닐다가 갑자기 엄청난 집중력을 발휘해 물속을 뚫어져라 쳐다본다. 그러곤 야심차게 부리를 확 집어넣는데, 자주 사냥에 실패하는 편이다. 그럼 또 무슨 일이 있었냐는 듯 다시 유유자적 걷는다. 중대백로나 왜가리도 흔히 볼 수 있었다. 사실 갑천에는 백로가 많은 편이었다. 백로의 집단 서식지가 한국과학기술원(KAIST) 캠퍼스 내 어은동산에 있었기 때문이다.

어은동산에 있던 백로 서식지는 내가 대전을 떠난 지 얼마 되지 않아 파괴됐다. 나무를 아예 벌목했다고 한다. 울음소리로 인한 소음과 배설물 악취 문제로 민원이 많았기 때문이다. 어은동산 서식지가 파괴될 즈음 약 1,000여 마리의 백로가 그곳에 살고 있었던 것으로 추정된다.[+] 인간의 거주 지역과 백로의 서식지가 마찰하면서 빚어지는 문제 외에도 나무가 고사하는 등의 문제가 심각했다고 한다. 그런데 애초에 그 많은 백로가 살기에 어은동산은 너무 작았다. 작은 곳에 모여 살다 보니, 문제가 발생하는 건 당연했다. 한 기사에 따르면 어은동산에서 쫓겨난 백로들이 이후 궁동근린공원 근처로 서식지를 옮겼다는데, 사실 쫓겨난 후에 옮긴 게 아니라 어은동산에 살 곳을 마련하지 못한 일부 백로들이 이미 궁동 야산에 서식지를 형성하고 있었다.

어은동산 서식지가 파괴되기 전인 2010년 무렵, 궁동근린공원 근처에 친구가 자취하고 있었다. 그는 집 근처 공원에 백로가 너무 많아서 시끄럽고 냄새가 심하다고 말했다. 카이스트 쪽에는 더 많다는데 아무래도 이쪽까지 넘어온 것 같다고. 사실 어은동에 서식지가 있다는 건 그때 처음 알게 됐는데, 영롱하고 아름다운 백로의 서식지를 가까이서 관찰하고 싶은 마음에 며칠 뒤 궁동근린공원 근처를 서성였다. 나무 한 그루에 수십 마리씩 앉아 있는 진풍경을 볼 수 있었는데, 그 모습이 신기하면서도 '저렇게 따닥따닥 붙어 있으면 쟤들도 불편하지 않을까' 생각했다.

궁동근린공원으로 서식지를 옮긴 백로들은 2013년 다시 서식지가 파괴되면서 남선공원으로, 2014년에 다시 남성공원 서식지가 파괴되면서 내동중학교 인근 야산으로 옮겼지만, 2015년에 다시 내동중학교 인근 야산 서식지가 파괴됐다. 하지만 백로를 완전히 내쫓을 수 있을 거라는 인간의 어리석은 바람은 완전히 빗겨 갔다. 뿔뿔이 흩어진 백로들 중 일부가 아파트 단지 내 나무에 거처를 마련하는 등 오히려 인간의 거주 지역 안으로 더 깊숙이 이사를 온 것이다.

우여곡절 끝에 대전의 백로들은 한국과학기술원 내 구수고

✚ 성진우, 「대전 판 시빌 워 대전 시민 vs 백로… 공존과 상생의 길로」, 충대신문방송사, 2016. 5. 17.

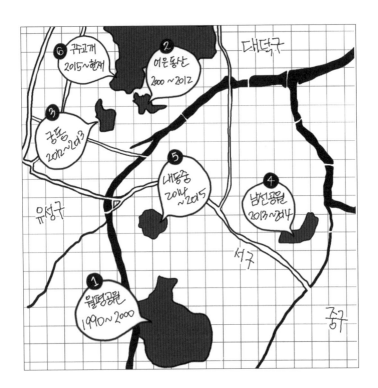

대전시 백로 서식지 파괴에 따른 시기별 서식지. ⓒ은수

개에서 일부 개체가 번식하면서 집단 서식지를 형성하여 살고 있으며, 한국과학기술원의 인류세연구센터에서는 백로와 학생의 공존 방안을 연구 중이라고 한다. 백로의 서식지 문제는 여전히 현재진행형이다. 2022년 9월, 한국과학기술원 시설팀은 백로 간담회를 개최했다. 학생 기숙사 근처에 형성된 백로 서식지 때문에 발생하는 문제를 해결하기 위해 환경단체와 학생들에게 학교 측의 입장을 전달하고, 의견을 듣기 위해 자리를 마련했다고 한다.

✳

백로 서식지 파괴는 사실 이미 오래전부터 제기된 문제다. 1998년 3월 19일 보도된 『중앙일보』 기사에 따르면, 그해 갑천변 도시고속화도로의 공사가 시작되었는데 총 4.8킬로미터 구간 중 3킬로미터에 해당하는 구간이 시가 지정한 조수보호지역과 겹쳐 백로 서식지가 훼손될 우려가 높다는 내용을 확인할 수 있다.✚ 당시엔 월평공원에 있던 백로 서식지 옆으로 고속화도

✚ 이석봉, 「대전 백로 서식지 훼손 위기… 보호구역 옆 고속화도로 뚫려」, 『중앙일보』, 1998. 3. 19.

로가 설계되어 있어 환경단체 및 관련 연구자 또한 우회도로 건설이 필요하다는 목소리를 냈으나, 대전시에서는 공사 비용 등의 문제로 공사 강행 방침을 밝히며 서식지 파괴는 피할 수 없다고 말했다. 민간자본을 유치한 이 고속화도로 프로젝트의 당시 예정된 공사비는 8백 20억 원이었다. 정부의 토지 개발 정책과 자본이 합작한, 아주 전형적인 형태의 이 환경 파괴는 우리 일상의 편리함을 위해 부지런히 진행되고 있었다.

고속화도로 건설 당시 백로 서식지 파괴에 따른 피해 규모는 알 수 없다. 대신 무분별한 백로 서식지 파괴로 인한 직접적인 피해 규모를 확인할 수 있는 사건이 있다. 바로 2010년 7월 경기도 고양시의 사유지에서 일어난 벌목 사건이다. 해당 사건으로 인해 그곳에서 서식하던 백로 1,000여 마리 중 300여 마리가 폐사했다. 이때 사건을 바탕으로 쓴 동화책『백로 마을이 사라졌어』의 작가 권오준은 2014년 남선공원 벌목 작업이 이루어지기 전에 대전시 관계자 회의에 참석해 이를 연기시키기도 했다.✦ 이전에 이소 시기를 고려하지 않고 벌인 무분별한 벌목 작업으로 인해 아직 비행이 서툰 새끼 백로들이 둥지에서 추락사하는 등 피해가 극심했기 때문이다. 벌목 작업 자체를 막을 수는 없었지만, 여름 철새인 백로가 무사히 이소한 뒤에 벌목 작업이 이루어져 대형 참사는 막을 수 있었다고 한다.

최근까지도 백로의 서식지가 무분별하게 파괴될 수 있었던 배경을 살펴보면, 이 또한 인간이 위계화한 비인간 동물 보호법에서 원인을 찾을 수 있다. 백로는 야생동물이지만 멸종위기종은 아니다. 야생생물법(야생생물 보호 및 관리에 관한 법률)은 야생동물 단일 개체에 대한 학대 행위를 금지하지만, 이들이 사는 서식지 파괴를 처벌하지는 않는다. 이중 멸종위기종에 속하는 종만이 포획, 사냥을 비롯하여 서식지 개발도 금지되어 있다. 따라서 멸종위기종으로 보호받지 못하는 야생동물은 삶의 터전인 서식지가 파괴되고 그 과정에서 죽게 되더라도 가해자에게 책임을 물을 수 없다. 예를 들어, 백로 한 마리를 포획·사냥한다면 불법이지만, 고양시의 백로 서식지 파괴 사건과 같이 백로가 서식하는 나무를 벌목하는 과정에서 300여 마리의 백로를 죽게 만드는 일은 불법이 아니다. 직접적으로 백로를 해치지 않았다면 처벌할 수 없다는 말이다.

한 언론 기사에서는 "백로가 멸종위기종이었더라면 이런 일은 일어나지 않았다"[++]고 했지만, 백로를 멸종위기종으로 포함시키는 일보다 중요한 건 야생생물의 목숨만 부지하면 된다는 식의 야생생물법의 관점을 확장하는 것이다. 인간 동물에게도 비인간 동물에게도 생애주기를 안정적으로 보낼 수 있는 환

[+] 남종영, 「향나무를 베어 냈다… 둥지 잃은 백로 떼로 하늘이 하얬다」, 『한겨레』, 2015. 6. 12.

[++] 위의 글.

경과 그를 기반으로 한 공동체를 형성해 나갈 수 있도록 하는 것이 '삶'의 기초가 된다. 장애인 당사자의 개별성과 주체성을 배제하고 이들을 (사회로부터) 시설에 격리시키는 것이 '삶'이 아니듯, 멸종위기종이라는 등급이 백로의 삶을 보장할 수 없기 때문이다.

✳

1차 백로 간담회✚는 환경단체, 학생, 학교, 유성구청 관계자의 참석하에 진행됐다. 학교 입장에서는 학생들의 의견을 무시하기 어려울 것이고, 구청 입장에서는 구민들의 의견을 무시하기 어려웠을 것이다. 하지만 근본적인 문제는 백로에 있다는 한국과학기술원 관계자의 발언은 고쳐 듣고 싶다. 잘잘못을 따지자면, 사실 근본적인 문제는 '우리 인간'에게 있다. 그리고 "백로의 배설물이 토양을 산성화하고 그 결과 나무가 살 수 없는 환경이 된다"며 "한 생명체를 지키면 다른 생명체가 피해를 보는 이중적인 상황"이라 했지만, 이건 어떨까. 인간 단일종(의 편의)을 지키기 위해 지금껏 수많은 생명체가 피해를 보는 상황은 그럼 무엇일까. 자본주의 사회체제가 가속시킨 이 유구한 가해와 피해의 연쇄 고리를 다른 말로 하자면, 현재 가장 시급하게 해결해야 할 인류의 과제로 이야기되는 '기후위기'라 할 수 있을 것이다. '환경문제'는 이전에 '환경오염'이나 '지구온난화' 등의 이름으로 흔히 호출되어 왔다. 그러다 보니 문제의 원인과 구조가 인간의 문제가 아닌 단순히 환경에서 일어나는 문제라 여겨져 왔던 것 같다.

그럼 이건 어떨까. 서식지를 전전하는 백로의 모습을 인간으로 바꾸면 좀 더 상상하기 쉬울까. 재개발 사업으로 인해 속수무책으로 쫓겨난 세입자들이 다시 재개발 대상 지역으로 이주하고 쫓겨나기를 반복하게 되는 철거민 문제와 백로들이 서식지가 파괴되어 이주하기를 반복해 온 과정이 내겐 그리 먼 문제처럼 보이지 않는다. 또, 아파트 단지 내 나무에 거처를 마련한 백로를 불편하게 여기는 마음과 지하철역이나 광장, 공원에서 마주치는 홈리스를 불편하게 여기는 마음은 얼마나 다를까.

우리는 백로와 대화할 수 없고 그들이 보고 느끼는 것을 영영 알 수 없다. 백로가 서식지가 파괴된 것에 대해 사회적으로 배제되고 차별받은 경험으로 기억할지, 울음소리가 시끄럽고 냄새가 난다고 혀를 차는 사람들의 시선에 마음의 상처를 받을지 알 수 없다. 다만, 서식지를 잃은 백로들은 점차 그 수가 줄

✦ 1차 백로 간담회는 2022년 9월 2일에, 2차 백로 간담회는 같은 해 12월 2일에 개최됐다. 1차와 달리 2차에는 환경 전문가, 대전시 관계자도 함께 참석한 것으로 확인된다.

어들 것이며, 21세기까지는 흔히 볼 수 있었던 조류 중 하나로 기록될 것이다. 하천의 생태계 균형이 무너지고 그로부터 또 한참이 지나서야 우리에게 백로가 필요하다는 사실을 깨닫고 백로 복원에 힘쓰게 될지도 모른다. 하지만 그땐 이미 백로가 우리 곁을 떠난 지 너무 오래되어 돌이킬 수 없을 것이다. 그런 식으로 완전히 멸종되지 않을 정도만 살려 두고 있는 종들이 지금도 얼마나 많을까. 그 노력이 헛되다는 이야길 하고 싶은 게 아니다. 끊임없이 성장하고 발전하고 개발한 끝에 인간의 내면까지도 탈탈 털어서 쓰고 있는 이 사회의 작동 방식에 대해 말하고 싶은 것이다. 우리 종의 안과 밖에서 일어나는 배제를, 차별을, 희생을, 소수를 제외한 존재들의 (차라리) 완전한 멸종을 원하기보다 '멸종위기'로 오래오래 남길 바라는 무시무시한 욕망이 불현듯 눈앞에 일렁였다. 우리는 과연 백로로부터 얼마나 먼 존재일까.

어느 날 밤, 우리에게 남은 시간에 대해 한 친구와 이야길 나눴다. "인간은 답이 없다"며 실없는 소리를 주고받으며 웃다가 문득, 그가 어두운 얼굴로 말했다. "차라리 한꺼번에 다 죽는 거면 다행이지. 문제는 가장 약한 고리부터 천천히 고통받으며 죽어 갈 거라는 거야. 그게 문제야." 우리는 말없이 한숨처럼 담배 연기를 연신 뿜어 댔다.

＊

나는 이제 갑천을 떠나 홍제천을 걸으며 그곳에 사는 새들을 본다. 쇠백로와 왜가리는 물론, 갑천에서 흔히 볼 수 있었던 청둥오리, 흰뺨검둥오리 가족도 자주 마주친다. 작년 봄에 춘천에서 봤던 물닭을 올봄에는 불광천에서 홍제천 하류까지 걸으며 만날 수 있었다.

올해 유독 눈에 띄는 새가 한 마리 있었는데, 바로 새하얀 집오리다. 집오리는 흰뺨검둥오리 두 마리와 함께 자갈밭 위에서 낮잠을 자고 있었다. 어느 날은 셋이서 하천을 거닐며 먹이를 찾고 있었고, 또 어느 날은 서로 가까운 바위 위에 서서 멍때리는 모습을 볼 수 있었다. 뭘 하고 있건 셋은 항상 세트였다. 인간의 눈에 이 모습은 매우 낯설게 느껴졌다. 같은 기러기목, 오리과에 속하지만 종이 다르기도 하고 외형도 완전히 다른 이들이 서로에게 의지하며 함께 사는 모습은 인종, 계층, 성별, 외모, 성적 지향 등 눈에 띄는 모든 차이를 쉽게 차별하는 우리 사회의 모습과는 너무나 달랐기 때문이다. 지적 생명체로서의 우월감과 자긍심을 자주 이이야기하곤 하는 인간은 과연 비인간 동물과 비교했을 때 문화적으로 뛰어나다고 할 수 있을까 하는 의문이 스쳐 갔다.

한편, 일 년 만에 물닭을 만난 기쁨은 이내 씁쓸함으로 바뀌었다. 이들이 헤엄쳐 지나간 자리를 따라 수면 위로 길게 늘어진 여러 겹의 기름띠가 눈에 띄었기 때문이다. 어떤 구간은 새도 물고기도 찾아볼 수 없었는데, 수면 위로 기포가 퐁퐁 터지는 모습을 보아 산소 순환이 제대로 이루어지지 않아 물이 썩어가고 있는 듯했다. 그 구간 바로 위로 몇 년 전 수변문화시설을 위해 조성된 데크와 이제는 쓰지 않는 분수가 하천의 수로를 막고 있었다. 추정컨대, 그때 조성한 시설물들로 인해 산소 순환이 제대로 이루어지지 않는 듯했다. 주민들에게는 안전하고 걷기 좋은 하천이 됐을지 모르겠으나, 인간 동물과 비인간 동물 모두가 '살기 좋은' 하천이 되었는지는 몹시 의문스러운 광경이었다. 산책로와 데크가 조성된 하천은 보기에는 깔끔하고 정돈된 모습일지 모른다. 하지만 이런 수변문화시설 조성사업은 그 과정에서 발생하는 건축자재의 폐기물에 의한 오염 문제, 하천을 이리저리 뒤엎으며 발생하는 다양한 생명체들의 서식지 파괴 문제를 간과할 수 없다.

예를 들어, 2020년 '금호강 사색 있는 산책로 조성사업'이라는 이름으로 시작된 대구 금호강 고모지구 하천 환경 정비사업은 2022년 11월 환경단체와 주민들의 문제 제기로 잠정 중단되었다가 최근 다시 강행하려는 움직임을 보이고 있다. (조성사업이 예정된 구역에서 법정 보호종인 수달, 흰목물떼새, 원앙, 삵, 얼룩새코미꾸리, 황조롱이가 뒤늦게 발견되었는데, 사업 초기에 있었던 환경영향

평가가 얼마나 부실하게 진행됐는지 알 수 있는 대목이다. 이러한 사실을 놓고 보면, 멸종위기종조차도 제대로 보호받지 못하고 있는 셈이다.) 해당 사업에 편성된 사업비는 자그마치 287억 7,900만 원으로, 환경청은 이미 시공사 세 곳과 건설사업관리단 두 곳을 확정한 상태이다.✚ 검색 창에 '하천 정비'만 검색해도 이와 같은 학살 예고들이 쏟아져 나온다. 서울 공릉천 자전거도로 조성사업, 수원 황구지천 산책로 조성사업, 부산 수영강 하천 정비사업, 제주 하천 정비사업 등등. '정비'와 '조성'의 이름으로 다른 종을 말살하는 정책은 여전히 현재진행형이다.

대체 인간은 언제쯤 이 탐욕스럽고도 위선적인 파괴 행위를 멈출 수 있을까? 자본에 대한 끝없는 욕망에 이젠 정말 멸종만을 눈앞에 둔 '멸종반란'의 시대를 살아가는 우리는 이 모든 폭력을 하루 빨리 멈추어야만 한다.

이 이야기는 결국 인간의 문제이며, 인간의 이야기에서 시작된다.

✚ 김영화, 「환경부, 멸종위기 '미꾸리' 서식지 287억 '금호강 정비' 강행」, 『평화뉴스』, 2023. 5. 30.

물러서지 않도록, 풀뿌리 바리케이드에서

이상현

2023년 4월 18일, 나는 서울구치소에 입소했다. 흐렸지만 다행히 비는 내리지 않는 날의 오후였다. 중앙지검 앞에서 동료들과 기자회견을 마친 뒤 노역장 유치를 위해 담당부서로 향했다. 호송차에 실려 구치소로 향하면서 미처 감사 인사를 전하지 못한 이들이 떠올라 아직 쓸 수 있는 휴대폰을 매만지다 도로 집어넣었다. 15일간의 수용 생활을 맞이하기 위해 스스로 단절하는 의식이 필요했다. 414기후정의파업. 함성이 물결치는 광장의 시간이 간 뒤 세상 가장 고립된 곳으로 간다.

　　구치소에 도착해 입소 과정을 밟자 바깥의 모든 것으로부터 분리되었다. 직원이 휴대폰, 귀걸이며 옷, 세면도구, 지갑 같은 것들의 항목을 샅샅이 기록한 뒤 압수해 봉투에 담았다. 이제 거기 있는 동안 그 물건들은 내 것이 아니게 된다. 속옷까지 홀딱 벗고 몸 안에 뭔가 감춰 온 것이 없는지 확인하는 모멸적인 검사를 견디고 나면 이제 그곳에서 사용이 허용된 것들이 지급된다. 죄수복, 팬티와 러닝셔츠✛, 화장지 몇 개, 플라스틱 리빙박스와 식판, 수저, 고무신 등이다. 드라마 〈더 글로리〉에서 보던 죄수복을 걸쳐 입으니 이름을 가진 존재가 사라지고 549번이 등장했다. 옷 색깔은 푸른색. 형이 결정된 '기결'이란 뜻

✛　　기본 지급 물품에 브래지어는 포함되지 않으며 영치금으로 구입해야 하는 품목이다.

이다.

교도관의 지시에 따라 물건이 담긴 리빙박스를 들고 감방이 늘어선 복도를 향해 걷는다. 감방 창문에 달린 철창을 보니 비로소 감옥이란 게 실감이 난다. 방마다 네 다섯명이 갇힌 공간은 일반 가정집 안방 하나 정도로 아주 작고, 철창을 통해 밖에서 안쪽을 들여다보고 상황을 확인할 수 있다. 오후 5시경, 먼저 들어온 동료 수형자들은 막 저녁 식사를 마치고 설거지를 하고 있는 참이다. 이곳에서의 생활은 바깥에서의 생활보다 좀 더 빠른 시간대로 배치되어 있다.

"언니⁺는 뭘로 들어왔어요?" 죄수번호를 웃옷 가슴팍에 딱풀로 붙이고 있는데 조금 앳돼 보이는 동료 수형자가 물었다. "어… 시위요." "기후위기 문제로 포스코라는 기업을 상대로 시위를 했거든요." 짧은 부연설명을 했다. 나는 유죄가 아니라고 주장하는 입장이었지만, 그렇다고 해서 거기서 다른 죄목으로 들어온 이들과 나를 구별 짓고 싶지는 않았다. 내게 물은 이는 사기죄로 법정 판결을 받고 당일 현장 호송되었고, 낯빛이 어둡고 내내 기력 없이 벽이나 바닥에 기대 있던 언니는 무임승차로 벌금을 많이 받은 노숙인이었다. 앞으로 한동안 같이 지낼 서로를 짧게 탐색하면서 나는 그들의 이름과 여기 들어오기까지의 대략의 사정을 알게 되었다.

불복종

나의 죄명은 '집회 및 시위에 관한 법률' 위반이 아니라 공동주거침입 등 '폭력' 행위다. 나와 동료들은 대한민국 온실가스 배출 1위 기업 포스코와 싸우다 벌금형을 선고받았다.[++]

재판 결과는 고무적이었다. 판결문은 상당 분량을 할애해 기후위기의 심각성, 그리고 활동가들이 직접행동을 벌일 정도로 정부와 기업의 기후위기 대응이 충분하지 않음을 인정했다. 이는 한국의 사법부가 기후위기에 대한 대응으로서의 직접행동의 목적상 정당성을 인정한 첫 판결이 되었다. 우리는 '기후정의의 승리'를 선언했다.

하지만 결과적으로 우리는 유죄였다. 재판부는 우리가 좀 더 점잖은 방식을 채택했어야 했다고 충고했다. 우리는 재판부의 판결에 동의하지 않았다. 우리의 행동에 유죄, 더구나 폭력 혐의를 씌우는 것을 거부했다. 우리는 이 사건과 꾸준히 싸워나갈 방식을 고민했다.

나는 '벌금 내기를 거부하는 것'이 그중 하나의 저항이 될

[+]　여기서는 모두가 서로를 언니라고 부른다.

[++]　2021년 10월 6일 녹색당 기후정의위원회 활동가들은 수소환원제철을 주제로 한 국회의장에서 약 1분 동안 '초대받지 않은' 연설을 했다. 연설 내용은 산업계 온실가스 감축 책임, 포스코 가스전 사업의 수익이 미얀마 군부에 지급되고 있음을 알리는 내용 등이었다. 당시 행사에는 산업부 장관이 축사를 위해 참가하고 있었다.

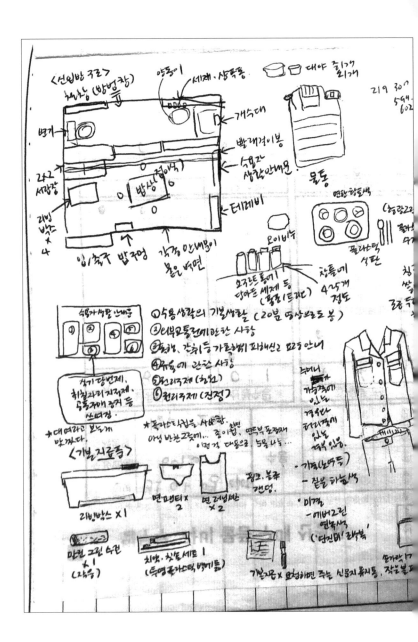

구치소 방의 구조와 지급된 물품들에 대해 기록한 자료.
노트는 돈을 주고 사야 했기 때문에, 방에 비치된 '물품 구매 신청서' 뒷면에 그렸다.

수 있겠다고 생각했다. 벌금을 납부하지 않을 경우에는 대신 노역형에 처해지는데, 이 형벌의 무게는 '벌금'과는 다르게 여겨진다. '감옥에 간다'는 것, 그리고 '강제적으로 부과되는 노동을 한다'⁺는 것의 무거움 때문일 것이다. 수형자가 되어 입소 과정부터 감옥에서 겪게 되는 처우는 평소 사회적으로 오가던 인정과 존중에 기반하거나 자유를 보장하는 것이 될 수 없다. 그간의 일상이 완전히 중단되는 형벌이고, 갇힌 기간 동안은 임금노동을 할 수 없으니 그만큼 금전적 손실도 이어진다.⁺⁺

그렇기 때문에 받는 사람이 겪는 고통만큼이나 그런 형벌을 부과하는 재판부와 국가에 대한 반감과 비판 여론도 강해질 터이다. 많은 동료 활동가들이 또 다른 기후재판을 치르고 있고 벌금과 싸워야 하는 상황에서, 나는 직접행동에 벌금을 물리는 것이 부당하다는 이야기를, 이번 포스코 기후재판에 대한 사회적 관심이 모아진 이 시점에 꼭, 강력하게 말하고 싶었다. 벌금 납부를 위해 사정이 넉넉치 않은 동료, 시민들이 십시일반 어렵게 보내 준 소중한 후원금을 '죗값'을 무는 데 쓰고 싶지 않은 마음도 컸다.

벌금 납부 거부로 싸움을 이어 가겠다는 결심을 기후재판 동료들과 나누었다. 생계와 학업 등 각자의 사정이 있어 모두 같은 선택을 하기는 어려웠지만 동료들은 나의 결심을 지지해 주었고, 우리는 각자의 방식으로 싸움을 이어 가기로 했다. 벌금으로도 수감으로도 막을 수 없는 감옥 안팎의 '시끄러운 싸움'을 위해 사람들이 새로이 모였다.

물러서지 않는 마음

벌금불복종을 하기로 마음을 먹게 된 직접적인 계기가 있다. 올해(2023년) 1월 광저우에서 온 예술가 Y를 교류차 만난 일이다. 그때 그가 가져온 한 DIY 매거진이 눈길을 끌었다. 판화 방식으로 한정된 부수를 찍은 매거진은 거리에 시진핑을 비판하는 그래피티를 그렸다가 감옥에 갇힌 예술인의 수감 생활을 다룬 자전적 기록이었다. 매거진에는 감옥에서 구할 수 있는 도구들로 어떻게든 그림을 그리고 글을 쓴 기록들이 빼곡했고, 감옥도 가둘 수 없었던 그의 내면의 에너지가 요동치

✦　　실제 이번 노역형에서는 구치소에서의 노동이 부과되지는 않았다. 15일간의 단순 수감이 이루어졌다.

✦✦　나 또한 그렇다. 감옥에 들어가면서 맡고 있던 활동들이 모조리 중단되었다. 나는 동료들과 서울시 교통요금 인상에 관한 공청회를 청구하기 위해 5,000명 이상의 서명을 모으는 사업을 추진하고 있었고, 중랑구 지역사회 기후에너지정책 모니터링 프로젝트 책임도 맡고 있었다. 무엇 하나 중요하지 않거나 긴급하지 않은 일이 없었다. 공백을 메울 동료들에게 미안한 마음과 함께, 활동에 생길 차질에 대한 걱정이 컸다.

고 있었다.

그에게 우리가 '법적으로 보장된 것을 했어야지'라고 말할 수 있을까? 그저 정치적 의사를 표현했다는 이유로 그는 감옥에서 혹독한 시간을 보내게 되었지만 도리어 그 감옥의 시간은 감옥에 차마 가두지 못했던 그의 이야기가 세상에 전해지는 또 다른 계기가 되었다. 거리에서 금지된 것을 자신이 할 수 있는 방식으로 또다시 세상에 전하는 것이다. 이때, 거리에 쓴 익명의 '비판의 글씨'는 구체적인 존재감과 사회적 무게를 갖게 된다.

저항하는 이들을 범죄자로 만드는 세상. 어떤 사람들은 범죄자가 됨으로써 시민을 범죄자로 만드는 국가에 대해 질문한다. 십여 년 전 밀양에서 있었던 송전탑 투쟁을 기억하는가. 삑— 삑—. 여우 우는 소리가 나는 765kV 초고압 송전탑 아래에서 살기가 두려워, 평생 농사짓고 살던 땅을 빼앗기기가 억울해, 밀양 주민들은 싸움에 나섰다. 할머니들은 성치 않은 무릎으로 산기슭을 올라 베어지는 나무를 끌어안고 그 땅에 송전탑이 들어서지 않도록 버텼다. 열두 차례 한전의 공사 집행이 저지되자 마침내 공권력이 나섰다. 밀양시는 2천 명이 넘는 경찰과 공무원, 한전 직원을 투입해 행정대집행을 벌였다. 경찰들은 집행을 막기 위해 옷을 벗고 '알몸 투쟁'을 하는 할머니들을 담요에 감싸 끌어내었고, 쇠줄을 땅에 묻고 목에 걸어 버티는 주민들의 목에 절단기를 들이대었다. 송전탑은 그 참상을 딛고 마침내 밀양 땅에 섰다. 그 참담한 폭력의 현장을 차마 잊을 수가 없다.

'국책사업'을 강제로 집행하며 사람이 죽었고 수많은 주민들이 자신의 삶터를 잃었다. 하지만 결국 범죄자로 남은 것은 빼앗겨야 했던 사람들이다. 그 투쟁의 과정에서 검찰은 당시 82세의 이금자 할머니를 비롯한 주민들에게 징역형을 구형했다. 십 년이 넘는 투쟁 기간 동안 383명의 사람들이 민·형사 소송을 당했다.

대학 시절 밀양으로 농활을 갔었다. 주민들의 투쟁에 연대하고 일손을 도와드리기 위해서였다. 농활에 함께 갈 후배들에게 밀양의 상황을 공유하는 자리에서, 공사를 위한 벌목을 막다가 인부들에게 성폭력을 당한 여성 스님 이야기를 전하며 끔찍함에 치가 떨렸다. 대도시에서 전기를 끌어 쓰기 위해 지역에서 일어나는 파괴, 그중에서도 지역의 여성들의 삶이 각각으로 훼손되고 있었다. 밀양에서 만난 다정하고 맑은 사람들의 얼굴을 기억한다. 나는 아직도 이들이 왜 이런 일을 당했어야 하는지 이해하지 못한다.

2014년 6월 11일, 나는 경찰서 유치장에서 밀양 행정대집행 소식을 들었다. 전날, 여러 시민들과 함께 세월호 참사의 책임을 묻기 위해 청와대로 향하던 중 경찰의 해산 명령에 불복해

연행되었기 때문이다. 국무총리공관 100미터 이내 집회가 금지되었기에, 이날 67명의 시민이 연행되었다.✝ 세월호도 밀양도, 시민을 지키지 못한 국가. 이윤에 시민의 안전과 생명을 맞바꾸는 사회. 분을 삭이고 싶지 않았다. 잊지 않겠다고, 반드시 바꾸어 내겠다고, 갇힌 바닥에 앉아 다짐했다.

나의 불복종은 이 사건들을 잊지 않고 다시금 질문하는 과정이다. 이윤을 위해 사람들의 삶이 곳곳에서 파괴되고 있지만 책임 있는 이들은 책임을 지기는커녕 도리어 이런저런 기준을 만들어 두어 책임을 묻는 이들을 범죄자로 만들고 있다. 도대체 누가 범죄자인가. 원고와 피고가 단단히 뒤바뀌었다.

불복종 행동에 대해 어떤 사람들은 "그렇게까지 해야 하나?" 하고 묻는다. 또는 재판부처럼 "취지는 좋지만 법의 테두리 내에서 수단을 택했어야지" 하고 조언한다. 그런데 이조차도 법적으로 보장받지 못하는 현실을 오히려 나는 묻고 싶다. 우리가 사는 일상이 발 딛은 참혹한 상황을 고발하기 위해서, 오히려 이만큼 온건한 일이 어디에 있겠는가. 더 이상은 한 발짝도 뒤로 물러서고 싶지 않다.

감방 생활

많은 사람들이 노역이라고 하면 떠올리는 바와는 달리 막상 구치소에 와 보니 노동을 시키긴 않았다. 단지 여기서 배치한 일정에 따라 행동하고 시간을 보낼 것이 요구된다. 6시 기상 및 이불 정돈 및 점검 후 아침 식사, 쓰레기 분리 수거, 8시 경 개방 점검, 11시경 점심 식사, 점심 후 운동(평일의 경우), 4시 20분 폐방 점검 후 저녁 식사, 저녁 8시 취침 준비, 저녁 9시 취침이라는 생활 패턴이 계속 이어진다.

구치소의 또 다른 이름은 '교정시설'이다. 사회로부터 격리되어 이곳에서 요구하는 규칙에 맞추어 생활하면서 더이상 범죄를 저지르지 않는 존재로 '교정'되는 것이 수형자들의 미션이다. 그에 걸맞게 정해진 시간에 정해진 행동을 하고, 정해진 규칙에 따르면서 복종하는 신체가 만들어진다. 도무지 이유를 알 수 없는 불합리한 관행들도 있지만 수형자들이 따져 묻거나 거

✦ 이후, 이날 경찰에 연행되었던 시민 중 한 명이 재판 과정에서 위헌법률심판 제청을 신청했다. 헌법재판소는 2018년 6월 28일 재판관 전원 일치 의견으로, 누구든지 국무총리 공관의 경계지점으로부터 100미터 이내의 장소에서 행진을 제외한 옥외집회·시위를 할 경우 형사처벌하도록 규정한 '집회 및 시위에 관한 법률' 제11조 제3호 및 제23조 중 제11조 제3호에 관한 부분, 위 조항을 위반한 옥외집회·시위에 대한 해산명령에 불응할 경우 형사처벌하도록 규정한 같은 법 제24조 제5호 중 제20조 제2항 가운데 '제11조 제3호를 위반한 집회 또는 시위'에 관한 부분이 모두 헌법에 합치되지 아니한다는 결정을 선고하였다(헌재 2018.6.28. 2015헌가28 사건).

보 고 전

거실: 2하 8
수번: 549
이름: 이상현

채식 제공 요청의 건

저는 탄소배출 저감을 통한 기후위기 대응, 그리고
공장식 축산으로 인한 사육동물들의 실태 개선을
목적으로, 일상에서 채식 실천을 하고 있습니다.
식단에 대체로 육류가 포함되어 있어
채소류·두부 등 채식 식사 제공을 요청드립니다.

감사합니다.

2023. 4. 24 (월)

4/24
9:00 (주임 교도관)
여기 귀하로는 채식 식단이 따로 없으니 알아서 곡과먹으라는 인축.
512 홀소영자 확인함.

채식 식단을 요청한 보고전(요청서).
교도관에게 단칼에 '불가 통보'를 받았다.

역하기는 어렵다. 때로는 동료 수형자들의 이유 모를 고집과 불쾌한 행동들을 참아 내야 한다.

이곳 생활이 수형자의 입장이나 필요에 맞추어지는 법은 없다. 나는 비릿한 고기 기름으로 범벅된 식사로 더부룩해진 위장을 견디기 어려워 채식 식단 제공을 요청했었는데, 보고전(요청서)을 받아든 교도관은 "급식에서 알아서 채소를 골라 먹으라"고 일축했다. 평소 복용하던 약을 요청하거나 벌금 납부를 하기 위한 외부 소통을 하는 것 등 일상의 모든 것은 자신의 사정이 아니라 구치소의 규칙, 또는 교도관의 판단에 따라 이루어지게 된다.

수감 생활은 갇힌 이들로 하여금 거기에 갇히지 않았을 경우 누릴 수 있는 갖가지 것들을 그리워하게 한다. 애인과의 다정한 시간, 한 개피 담배, 달콤한 간식, 친구들과의 즐거운 술자리 같은 것들 말이다. 마치 오엠알 카드처럼 생긴 구매장의 제한된 품목에 마킹을 하면서 사람들은 거기 목록에 올라 있지 않은 것들을 열망했다. 밖에 있는 애인이나 가족에게 편지를 쓰면서 눈물을 흘리거나, 좀처럼 오지 않는 서신을 기다리며 마음을 졸이는 건 수감 생활의 흔한 일상이었다.

가장 당황스러웠던 것은 이곳에서도 최소한의 생활을 하려면 돈이 필요하다는 점이다. 여기서 무료로 지급되는 것은 정말이지 충분하지 않았다. 필수용품인 설거지 세제와 수세미 같은 것들마저도 들어올 때 가져온 현금이나 밖에서 들여보내 주는 영치금으로 사야 한다. 나는 피부가 건조한 편이라 로션이 꼭 필요한데, 영치금이 들어오고 구매 신청을 한 뒤 며칠이 지나 물품이 오는 것을 기다리기까지 피부는 하얀 각질이 일어 따가워졌다. 한번 타이밍이 맞지 않으면 일주일 이상을 기다려야 한다. 구매가능일의 간격이 긴 우표나 약품 같은 경우가 그렇다.

그마저도 돈을 보내 줄 사람이 없는 경우에는 엄청난 곤란을 겪어야 한다. 신입방에 함께 있었던 언니는 노숙 생활을 오래 하던 차 방광염에 걸려서 휴지가 많이 필요했는데, 추가로 휴지를 살 돈을 보내 줄 가족도 지인도 없었다. 영치금이 들어온 동료 수형자들이 들떠서 뭘 구매할지 이야기를 나눌 때, 이 언니는 휴지가 부족하다며 혼잣말로 투덜거리고 있을 따름이었다. 교도관에게 부족한 물품을 좀 더 달라고 호소할 수 있지만 들어줄지 말지는 교도관의 마음에 달려 있다.

영치금을 보내 줄 사람이 있어서 부럽다고 나보다 몇 살 어린 동료 수형자가 말했을 때, 나는 말문이 막혔다. 그는 수감 생활이 끝나면 숙식이 제공되는 식당 일터를 찾을 예정이라고 했다. 여기서 만난 이들은 대체로 사회경제적 형편이 몹시 좋지 못했다. 생활고나 이들이 일상적으로 겪는 상황 속에서 이들은 쉽게 범죄자가 되고, 이곳을 벗어난 뒤에도 몇 번이나 또다시 들어오기도 했다.

내가 무슨 시위를 하다가 감옥에 들어오게 되었는지 궁금해 하는 동료 수형자들에게 기후위기와 기업의 책임에 대해 이야기하면서 이 이야기가 이들에게 어떻게 이해될까 싶어 진땀이 났다. 당장 나가면 생계가 걱정이라고, 일할 식당이 필요한데 소개해 줄 가게가 있냐고 묻는 감방 동료에게 말이다. 각자의 삶에 지독하게 얽힌 가난과 관계망을 따라 감방이라는 곳에 오게 된 이들에게 기후위기 문제가 '우리'가 당장 행동해야 할 '절박한' 문제라고 피력할 자신이 없었다. 그것을 말하기 위해서는 십수 겹 분리된 촘촘한 망을 통과해야 한다는 느낌이 들었다. 어디서부터, 어떻게 말하면 좋을까.

물론 기후위기 문제를 말하면서 그 말이 어떻게 받아들여질지 고민하는 것은 감방 밖에서도 아주 낯선 일은 아니다. 우리 동네에 사는 상대적으로 생활이 윤택한 주민들 중엔 '부유한 이들'에게 기후위기의 책임을 묻는 것에 대해 노골적으로 불쾌함을 표현하는 분들도 있다. 그러한 이들을 거스르지 않기 위해서는 기후위기의 해법으로 불평등한 정치경제의 문제를 해결해야 함을 강조하기보다는 생활 속에서 실천할 수 있는 착하고 친환경적인 방법들부터 알려 주어야 한다. 지구를 위한 채식도 그 한 가지다. 동네에서 만나는 친절하고 선량한 많은 이들과의 일이다.

감옥에 들어오는 정도의 사건이 있지 않고서야, 같은 나라의 같은 시간에 살면서도 아주 별개의 삶을 살고 있었던 사람들이 실제로 연결되는 일이 거의 없는 것이 자연스러울 것이다. 하지만 나는 이 삶들이 결코 단절되어서는 안 된다고 느낀다. 익숙한 일상을 멈추고서 사회에서 분리되고 격리된 이곳에 놓이고 나서야 나는 오히려 여지껏 보지 못한 기후위기 앞의 일상의 얼굴들을 마주한지도 모르겠다.

제각각의 사연을 지닌 사람들, 사회가 그어 놓은 정상성의 기준을 위반했기 때문에 처벌받게 된 사람들, 곤경에 처한 서로를 절박하게 염려하던 이들, 모두 우리. 이곳에서 교환한 연락처로 감방을 나와서도 직접 연락을 하게 될지는 모르겠다. 하지만 나는 이 기후위기 속에서, 여기서 만난 이들이 안녕한지 계속해서 꼭 안부를 묻고 싶다. 극히 피상적이던 정치공동체에 균열이 생겨 만남이 일어나는 일이 기후정의가 아닐 리 없다.

자유의 또 다른 이름, 뿌리 뽑기

가장 자유가 억압된 곳에서 자유에 대해 많이 들었다. 구치소 방 TV 화면에는 윤석열 대통령이 미국 의회에서 연설하는 장면이 나오고 또 나왔다. 나는 구치소에서의 마지막 날 밤에 포스코 최정우 회장과 윤석열 대통령에게 편지를 썼다.

많은 시간을 갇혀 지내며 여기서 TV로 당신의 얼굴을 보았습니다. BTS보다 먼저 미국 의회를 방문하여 연설을 하셨더군요. 45분의 연설 중, 당신의 말씀엔 "미국과 함께 자유의 동맹을 이루겠다", "자유의 나침반이 되겠다"는 인상 깊은 발언이 있었습니다. 많은 박수를 받은 힘찬 연설이었습니다.

그런데 그 자유가 기업만의 자유는 아니겠지요? 포스코가 미얀마 가스전 사업 대금을 군부에 지급하거나 군함을 판매하는 것 등에 조치를 취하기 위해서 국회의원들이 입법을 시도하고 있었습니다만, 산업통상자원부는 이에 대해 "기업 행위의 자유를 침해할 수 있다"는 이유로 '동의 곤란' 입장을 밝혔습니다.

그런데 말입니다. 그 '자유'가 무수한 생명의 파괴를 초래한다면요? 소리 없이 스며들어 죽음을 이끄는 자유라고 한다면요? 강조해서 말씀드리지만 이는 결코 과장이 아닙니다. 그 나침반은 모두의 생명과 삶의 자유를 위한 방향을 가리켜야 합니다.

감옥으로 향하기 4일 전, 나는 세종시의 산업통상자원부 건물 앞에 섰다. 시민들의 요구 사항을 담은 포스터와 피켓이 빼곡했다. 4천 명이 넘는 시민들과 함께 거리를 행진✛하며 맨몸

✛　2023년 4월 14일, 세종시에서는 '기후정의파업'이 열렸다. 기후정의파업은 기후부

으로 거리에 드러누우며, 나는 왜 어떤 사람들은 끊임없이 선을 넘어야 하는지, 넘고 있는지 생각했다.

마르크스는 생산자를 임금노동자로 전환시키는 역사적 과정에서 임금노동자가 농노적 예속과 길드의 속박으로부터 해방되는 한편으로, 그들이 모든 생산수단을 박탈당하고 또 종래의 봉건제도가 제공하던 일체의 생존 보장을 박탈당한 뒤에야 비로소 그들 자신을 판매할 수 있게 되었다고 분석한다. 자본주의사회에서 '박탈당하고' '뿌리 뽑히는 것'은 자유의 기본 조건이다.

이 사회에 몫이 없는 이들이 그나마 가진 것마저 빼앗기고 살던 곳에서 내쫓기거나 추방되고 있다. 그것은 비상사태가 아니라 자본주의와 신자유주의 사회의 아주 정상적인 일이다. 그렇기 때문에 우리의 저항은 박탈당하지 않게끔 '버티고', 뿌리를 더 깊게, 더 넓게 내리는 일이 된다.

뿌리 뽑히지 않도록

기후정의 운동가인 내게, 끝없이 밀려드는 개발 사업으로부터 지역의 생태 환경과 주민을 지키는 일, 그들이 살던 곳에서 뿌리 뽑히지 않도록 함께 어깨 걷고 버티는 일은 무척 중요한 일이다. 반대로, 지역사회, 풀뿌리 운동은 내가 뿌리 뽑혀 버리거나 급물살에 쓸려 내려가 버리지 않도록 단단히 얽어매어 주는 힘이다. 기후불복종이든 노역이든 내가 마구 날뛸 수 있는 것도 그 덕분인지도 모른다.

기후위기가 전세계적인 화두가 되고 그레타 툰베리와 멸종 저항 운동이 달아오르고 있을 때, 내가 사는 중랑구에서 몇 명의 활동가들이 모였다. 기후위기는 당면한 생존의 문제이고 국가와 지자체가 비상대책을 세워야 한다는 지역 캠페인을 시작하면서 동네 단체들에 참여를 제안했다. 피켓과 팸플릿을 든 사람들이 동네 역 광장에 출동해 기후 이야기를 하기 시작했다. 활동가뿐 아니라 전직 과학 교사, 동네 병원 의사 같은 사람들도 피켓을 들고 섰다.

2019년 최초의 대규모 기후집회가 대학로에서 열린 뒤, 동네에서도 열정은 다시 불탔다. 다음에는 풍물패를 조직해 집회에서 공연을 펼치겠다는 선언도 있었다. 이에 따라 '기후위기중랑행동'이라는 모임이 구성되었다. 바로 다음 해엔 총선이 있었다. 기후 캠페인을 펼치던 중랑 주민들은 지역에 출마한 국회의

정의와 생태 학살을 고발하고 기후정의에 기반한 정책을 정부에 요구하기 위한 시위이다. 수많은 시민들이 하루의 일상을 멈추고 세종시에 모여들었다. 414기후정의파업이 중부 지역(대전, 세종, 충남, 충북) 단체와 전국의 석탄발전소, 송전탑, 핵발전소 및 핵폐기장, 신공항, 농어촌파괴형 재생에너지 반대 대책위와 정의로운 전환 및 고용 보장을 요구하는 발전노동자들의 제안으로 조직되었다는 점에서 기존 서울·수도권 중심의 시위를 탈중심화하고, 보다 현장의 목소리를 강조했다는 의의가 있다.

원 후보자들이 기후위기 문제를 인지하고 있는지, 대응 정책을 세우고 있는지 공개 질의에 나섰다. 119명의 지역 주민들이 이 질의서에 연명해 함께 힘을 실었다.

이러한 활동들은 '중랑기후시민'이라는 중랑지역 기후활동 단체 설립으로 이어졌다. 지난해 924기후정의행진을 동력으로 50명의 회원이 모였다. 느슨한 모임이던 '기후위기중랑행동'을 개편해 팀을 구성하고 대표를 선출해 정식 단체를 발족했다. 지역의 미디어 활동가가 캠페인팀을, 환경교육 활동가가 정책교육팀을, 마을 활동가가 네트워킹팀을 맡았다. 회원 가입 체계를 구상하고 지역사회 1만 명의 사람들이 '중랑기후시민'에 가입할 수 있도록 확장하겠다는 원대한 목표를 세웠다. '기후위기 대응'을 마을, 지역 시민사회의 주요 이슈로 정하고, 어디서든 함께 이야기할 수 있는 분위기를 조성하자는 것이다.

풀뿌리 바리케이드

기후정의운동은 기후위기를 '현재의 자본주의적 성장 체제를 변혁하지 않고서는 해결이 불가능한 위기'라 선언한다. 생태위기를 자본주의 생산 양식의 근본적인 모순으로 인식한 마르크스는 자본의 힘을 제한하고 인간과 자연의 관계를 전환하여

사회적 물질대사가 보다 지속가능한 방식으로 이루어질 수 있도록 보장하여야 한다고 말했다.

> 자본주의적 생산은 인구를 대중심지로 집결시키며 도시 인구를 증가시키는데, 이는 한편으로 사회의 역사적 동력을 집중시키고, 다른 한편으로 인간과 토지 사이의 물질대사를 교란한다. (…) 자본주의적 생산은 모든 부의 원천인 토지와 노동자를 동시에 파괴한 뒤에야 비로소, 각종 생산과정들을 하나의 사회 전체로 결합하여 새로운 기술을 발전시키게 된다. (자본론 1-하 제15장)

한편으로, 친밀함이 모두 소멸된 자본주의적 생산관계로 인해 사람들이 소외를 겪고 있다고 보았던 그에게, 모든 사적 개인들이 공적 영역에 참여할 수 있는 '민주주의'를 실현하는 것은 자본주의적 소외를 극복할 수 있는 핵심 방안이었다. 기후운동 관점에서 말하면, 자본주의 산업사회가 심화시켜 온 기후위기의 영향을 고스란히 받으면서도 자신들을 위해 그 문제에 개입할 권리로부터 철저하게 소외된 이들이 참여할 수 있는 민주주의가 필요하다는 것이다.

그런데 지금 풀뿌리 지역사회의 민주주의는 어디에 있을까?

나는 2019년 기후행진의 힘으로 기후위기가 '국회의 시간'*
이 된 후, 국회 앞에서 시민의 목소리를 전하는 기자회견에 참
여하기 위해 꽤 많은 걸음을 했다. 260번 버스를 타면 집에서
채 두 시간도 되지 않아 도착하는 거리였지만, 지역 시민들과
정치 권력의 간극은 아득하게 느껴졌다. 정치가 산업과 국가의
부에 대해 강조하는 와중에 소외되어 가는 시민들, 기후재난의
영향을 온몸으로 겪어야 하는 사람들.

내가 사는 중랑구에서도 지난해 말 '기후위기 대응을 위한
탄소중립 녹색성장 기본법'과 그 시행령에 따라 조례가 제정되
었고, 조례에 의거해 올해부터 중랑구 기후위기 대응 10개년
계획을 수립하는 용역 연구를 시행하고 있다.

그런데 이 용역에 대해 지역 주민과 활동가들의 불만이 높
다. 자치구와 연구용역업체가 지역사회의 기후위기 해법을 지
역에 사는 이들과 제대로 협의하지 않고 의견을 수렴하지 않는
다는 생각에서다. '자문회의'의 형식을 빌어 개최한 용역조사
시민 워크숍은 용역 업체의 견해를 일방적으로 전달하는 것에
주력했으며, 워크숍에서 나온 시민들의 의견은 연구 결과에 거
의 반영되지 않았다. "중간에 가시면 자문비 못 받습니다"라며
시민들을 동원된 사람들 취급하는 용역업체 책임자의 말에는
헛웃음이 났다.

내용도 실망스러웠는데, 지역에서 어떤 사람들이 어떻게 기

후위기 피해를 겪는지에 대한 현황 조사와 그에 대한 대책이 빠져 있었다. 대신 서울시가 추진하고 있는 '그린 리모델링', (대중교통 활성화 방안이 빠진) 전기차·수소차 공급 등 굳이 연구하지 않아도 제시할 수 있을 법한 내용들을 그대로 옮기고 있었다. 기후위기 대응 과정에서 사회적 불평등 문제를 반영하고 해소해 가야 한다는 '기후정의 원칙'이나 실질적인 탄소 감축 제도인 '기후예산제' 또한 완전히 누락되어 있었다.✚✚

어렵게 시간을 내서 참여했는데 기대와는 전혀 다른 자리에 실망감을 감추지 못하는 동료와 함께 행사장을 나와 분노의 막걸리잔을 기울였다. 국가와 광역지자체가 잘못된 방향의 기후위기 대응 노선을 수립하고 기후위기 대응에 역행하는 대규모 개발 사업들을 잔뜩 벌여대는 상황에서 우리는 어떻게 국면을 전환할 수 있을까.

'녹색성장'이 위로부터 아래에 급격하게 꽂아져 내려올 때, 내가 살고 있는 지역사회도 그러한 침투로부터 자유로울 수 없다. 탄소배출 감축과 불평등 해소보다 경제성장에 비중을 두는

✚ 2019년부터 거세진 대규모 기후운동의 힘으로, 2020년 대한민국 국회는 '기후비상사태'를 선언했다. 이후 국회가 기후위기 대응을 위한 법률을 마련하고 실제 정책을 추진하기를 요구했다는 점에서 '국회의 시간'이라고 표현했다. 그러나 기후운동·시민사회가 요구했던 '기후정의법'은 '탄소중립 녹색성장법'으로 왜곡되었다.

✚✚ '그린 리모델링'을 하면 집값이 오른다는 설득법도 필요하다는 말이 공공연하게 등장했다.

법률이 제정되자 광역단위와 자치구에도 그를 반영하는 조례가 제정되었고, 하향식으로 정책이 내려오는 과정에서 오히려 지역의 논의와 참여가 배제되고 있다. 기후위기 대응과 탄소중립이라는 말은 어디에서나 볼 수 있지만 법률과 조례상에 명시된 중요한 '정의', '형평성'의 원칙들이 잊혀지고, 정의가 필요한 노동자, 여성, 청소년, 농민 등의 존재는 그 안에 담지 못하고 있다.

막걸리의 힘이었을까. 우리는 이러한 흐름에 대응하기로 마음먹었다. 동네 술집에서 '도원결의'가 이루어졌다. 우리는 우선, 용역업체가 누락한 우리 지역의 중요한 기후위기 문제에 대해 주민들의 의견을 전달하기로 했다. 하고 싶은 말이 많을 듯한 주민들을 모았다. 기후위기 영향을 평가함에 있어 성별 분리 통계가 필요함을 강조하는 여성주의 활동가, 안전한 먹거리를 고민하는 생협 활동가, 에너지 전환과 환경교육을 말하는 환경 활동가, 기후위기 상황에서 고통을 겪는 봉제업체와 경비노동자·야외노동자를 위한 기후위기 해법을 제안하는 노동운동가 등 결코 나중이 되어선 안 될 이야기들을 나눠 줄 동네 사람들이 모였다. 기후위기 당사자들의 목소리를 반영하기 위한 위원회 등 참여 기구가 만들어져야 한다는 것에도 공통의 의견이 모아졌다. 우리는 토론회에서 나온 지역 주민들의 토론과 의견을 모아 구와 용역업체에 전달했다.

최근 '중랑기후시민'은 자본친화, 기술중심적인 산업과 남성의 해법이 아니라 정의로운 대안적 기후위기 해법을 찾기 위해 지역의 여성들이 주체적으로 참여하는 정책모니터링 프로젝트를 진행하고 있다. 지난해 말엔 중랑구의회에 기후위기 대응 조례안을 발의한 구의원에게 제안해 조례안에 대한 평가와 보완 의견을 내는 토론회를 개최했다. 지역의 여성들이 캠페인을 하는 역할에만 머물지 않고 기후위기에 대응할 수 있는 지역사회의 방향을 제시하고 실제 그 사회를 만드는 주체가 되기를 바라면서, '중랑기후시민'은 지역의 기후위기 대응 제도와 정책에 적극 개입해 가고 있다. 우리는 동네에서 다시 기후정의를, 정치를 말하고 세상을 바꾸기를 열망한다. 이것이 위기를 넘어설 민주주의를 실현해 가는 길이라 우리는 믿고 있다.

다시 여기에서부터

'노역'이라는 많은 사람들을 놀라게 하고 걱정시키는 대범한(?) 일을 벌였음에도, 구치소에서 나와 동네로 돌아올 때 사실 나는 좀 소심한 마음이었다. 빼도 박도 못한 공식적인 범죄자가 된 입장에서 나를 피하거나 어려워하는 사람들이 있지 않을까, 하는 걱정도 있었다.

그런데 공교롭게도, 돌아오자마자 가장 평범한 곳에 가서 기후정의 활동에 대해 이야기하게 되었다. '"함께 살기 위해 멈춰!" 세상을 움직이는 기후정의 활동'이라는 제목으로 동네의 중학교 2학년 여덟 개 반 학생들을 만나는 강의였다.

나는 밀양 할머니들의 이야기부터 시작해서 지역에 따라, 부유함에 따라 나타나는 기후위기와 불평등의 문제들을 말하기 시작했다. 그리고 이 문제 앞에서 기후정의 활동에 나서게 된 사연을 풀어내었다. 구치소에 간 이야기는 민감할 수 있어 하지 않았지만 대신 청소년들의 '결석 시위'에 대해 소개하며 기후불복종 운동에 대해 언급했다. 마지막으로는 "인류는 자신이 창조한 것에 의해서 정의되는 것이 아니라, 자신이 파괴하지 않기로 선택한 것에 의해 정의된다"는 곤충학자 에드워드 오스본 윌슨의 말을 인용해, 기후위기 속에서 우리가 파괴하지 않기 위해, 소중한 것을 지키기 위해 한 행동들을 역사가 기억할 것이라고 전했다.

강의 전 선생님이 몇 번이나 강조하셨듯, 학생들의 집중력에는 한계가 있었지만, 그래도 눈을 빛내며 집중하는 학생들과 눈을 맞추며 질문하고 질문을 받았다. 연결감이 느껴졌다. 학생들은 강의를 들은 후 자신들이 실천할 수 있는 기후위기 대응 활동을 기획한다고 한다.

지역의 학교에서 기후위기 강연을 할 기회가 종종 있다. 나를 섭외하신 선생님은 '미래의 동지를 만나는 시간'으로 여기라는 묵직한 한 방을 날리셨다. 그런 말을 하는 동네 사람들이 있어, 나는 정말 그렇게 염원하게 되었다. 구치소에 들어가는 날 입소 기자회견에서 동네의 한 청소년이 내게 편지를 건넸다. 청소년인 자신이 바라보는 우리의 현재는 비상식이 상식이 되어버리고, 지켜야만 하는 것들이 오히려 외면되는 모습이라 생각한다며, 그래서 누군가는 꼭 상식적으로 생각해야 하고, 지켜야만 하는 것들을 지켜야 하고, 또 그것을 많은 사람들에게 알리는 역할을 해야 된다고 생각한다고. 그리고 지금 그 역할을 내가 하고 있는 것 같다고 '절대적인 지지'를 표명해 주었다. 나는 이런 연결의 가능성을 믿는다.

강의를 마치고 교직원 식당에서 선생님과 점심을 먹은 후, 학생들로 북적거리던 학교 교정을 나오는데, 부쩍 뜨거워진 봄 공기를 느꼈다.

올 여름에도 폭우✛와 폭염이 닥칠 것이다. 가을에는 대규모 국제 기후파업을 벌일 것이고, 또, 겨울에 COP 회의가 열릴 것이고, 내년 총선에 맞춰 정치권은 웅성일 것이다.

많은 사람들이 기후위기의 심각성에 대해 알고 있다고 하

✛　초고를 작성한 이후, 오송 지하차도가 폭우로 인해 침수되어 14명이 숨진 '기후재난' 참사가 발생했다.

지만, 또 한편으론 부동산 문제 등에 비해 놀라울 정도로 고려의 후순위가 되기도 한다. 지구의 지속가능한 미래보다는 당장 생활에 끼칠 불편이나 얻을 이익이 중요하게 고려되기도 한다. "기후위기, 중요한 문제이지만 어짜피 다 틀렸어"라는 회의적인 태도나 무심함을 접하는 기후 활동가들의 낙심은 놀랍지 않다. 우리는 무관심과 회의와 끊임없이 싸우고, 그리고 마침내 이겨야 한다.

그런데, 사람의 삶을 보호하는 일과 생태적 한계를 고려하는 일은 과연 배치되는 일일까. 기후재난 참사는 이미 일상이 되었고, 우리 사회의 약한 고리에 놓인 사람들의 삶부터 침잠시키고 있다. 자신이 살 수 있는 주거 공간을 요구하는 시민들의 바람과 인류와 생명 공동의 생태 터전을 보호하고자 하는 시민들의 바람은 절박하게 서로 맞닿고 있다. 사실은 이 모든 것이 분리된 문제가 아니다.

우리의 싸움은 결코 새롭지 않은, 오래 묵어 온 문제를 해결하는 일이지만 익숙한 일들을 반복하면서 익숙한 실패를 경험하지 않기 위한 도전이기도 하다. 이 사회에 깊게 뿌리내려 위기를 퍼뜨려 온 구조, 또 새롭게 휩쓸고 있는 위기 앞에서 물러서지 않기 위한 앞으로의 여정을 그려 보면서, 나에게 필요한 체력을 가늠하며 호흡을 가다듬어 본다.

동네에서의 끈질기고 끊임없는 움직임들이 변화를 위한 튼

튼한 토대가 될 것이다. 어느날 갑자기 출현할 저 바깥의 무언가 거대한 힘을 기대하기보다는 우리 안에 도사린 작고 용맹한 저력을 믿는다. 다시 풀뿌리로부터. 물밀듯 밀려오는 자본과 '녹색성장'의 힘 앞에서, 무수한 실패에도 불구하고, 나는 '풀뿌리 바리케이드'로부터, 우리 지역에서부터 다시 시작하자고, 할수 있다고 마음먹는다.

바깥을 벌리는 목소리들

희음

준비를 합니다
나의 준비는 끝이 없고
쉴 줄을 모릅니다

준비는 불안이고
불안은 바깥이 떨어트린 박동

다음 준비를 끌어당기며
준비가 줄을 잇는 동안

바깥은 헐렁하고
바깥은 기억상실증의

흰 빛으로

온갖 잡음을 집어삼키는데,

저마다의 몸들이 각자의 현관에서 신발을 고르는
사이

주저 없이 흰 빛으로

일어날 일들은
일어나고야 마는데,

그럼에도
그럼에도

숨길 수 없는 기침처럼 묻습니다

당신이 왜 여기, 당신의 일터에 차가운 몸으로 누
워 있습니까
어떻게 사람이 배에 탔다가, 축제에 가다가, 단지
길을 걷다가 우루루 죽을 수가 있습니까
장애인과 소녀가 살던 반지하 방의 비명은 왜 그들

이 사라지고 나서야 세상을 떠돕니까

　울타리 안쪽, 폭우의 중심에서 소와 돼지와 닭과
염소는 왜 물을 삼키며 울고만 있습니까

　불길로 가로막힌 자리에서 노루와 고라니와 산에
사는 사람은 왜 숨을 멈추고 제자리에서 껑충껑충 뛰
어야 합니까

　왜 남은 이들은 이 비명과 죽음들을 등에 업은 채
로도 옆 사람의 주머니와 밤늦도록 싸워야만 합니까

　헐렁한 바깥의 세계에서 삶의 비상벨은 약속처럼
전원이 나가 있었나요

　기억상실증의 바다에서 모든 바깥들은 위기와 고
립과 재난의 좌표를 송두리째 잊은 건가요

　먼 곳의 방송은 혀를 차는 숫자들을 줄줄 읊고
　모금함은 하강하는 슬픔들로 불룩해집니다

　한쪽에는
　입을 틀어막고

웅크린
골목들

서로의
귀퉁이를
붙잡습니다

참지 못하고

검은 리본, 리본들이
솟아오릅니다

바깥을 벌리며

억눌러 왔던 두 번째 기침,
목소리는 통곡합니다

막을 수 있었다.
구할 수 있었다.
살릴 수 있었다.

그 일은 일어나지 않을 수도 있었다.

이를 악무는

대과거.

한국어문법에는 없는 용법이지만

있는 마음입니다

죽음들 곁에 살아

있는,

검푸르게 살아

심장을 움켜쥐는 마음입니다

화를 내고 소리를 내며 걸어 나가는 마음입니다

준비의 꼬리를 끊고 어디로든 나가는 마음입니다

**부분적이고 불안한
희망일지라도**

개인과 일상

내 손에 쏙
들어오는 세상

———————

배윤민정

#B씨

B씨는 서울 마포구, '홍대 앞'이라 불리는 공간에서 복합문화공간을 운영하며 작가로 활동하는 사람이다. 30대 후반 여성이며 1인 가구로 살고 있다. 2022년 신한은행이 발표한 「보통 사람 금융 생활 보고서」의 기준에 따르면 그의 자산은 총 다섯 개의 구간 중 1구간(하위 20%, 평균 자산 1억 2천만 원)과 2구간(차하위 20%, 평균 자산 2억 7천만 원) 사이에 위치하며, 부동산·주식·코인 등 투자 가치가 있는 자산을 보유하고 있지 않다.

향후 소득 수준이 높아질 거라는 기대가 적기에 10년 이내에 하위 구간으로 떨어질지 모른다는 불안함을 자주 느끼고, 어떻게든 돈을 벌어야 한다는 생각과 돈벌이에 인생을 허비하기 싫다는 생각 사이에서 피로에 시달린다. 수치로 제시할 수는 없지만 사회적 관계망과 문화 자본을 따지면 높은 위치에 속한다고 믿는다. 자신의 유·무형적 자산을 몽땅 활용하여 비즈니스 모델을 찾기 원하고, 앞으로 자산 기준 5구간(상위 20%, 평균 자산 10억 3천만 원)까지는 가지 못하더라도 1~2구간에는 머무를 수 있기를 간절히 소망한다.

#휴식

어느 날 아침 눈을 떴을 때 B씨는 이상한 기분을 느꼈다. 너무나 오랜만에 맛보는 홀가분함이 B씨를 기분 좋게 간질였다. 그에게는 오늘까지 '당장' 끝내야 하는 일이 없었다. 구글 캘린더에 아무런 일정도 표시되지 않은 하루가 언제였던가! 지난 일 년여 동안 그는 잠에서 깨어날 때마다 바윗돌 여러 개가 동시에 굴러오는 느낌을 받았다. 하나하나가 반드시 오늘까지 끝내야 하는 일들이었다. 물론 매일같이 일한 것은 아니다. 하루, 드물지만 어떨 때는 이틀쯤 캘린더에 표기된 일정을 미뤄 놓고 쉬기도 했다. 휴식을 취할 때 그는 대체로 아팠다. 몸살 기운에 식은땀을 줄줄 흘리며 침대에서 눈을 감고 있으면 가슴이 답답했다. '제대로 놀지도, 일하지도 못하다니 얼마나 한심한 노릇이냐!'

진통제를 먹고 선잠이 들었다 깼다 할 때면 그는 몽롱한 정신으로 스마트폰을 들여다봤다. 그가 인스타그램에서 스크랩한 게시물엔 이번 생에 가 보겠다고 다짐한 멋진 카페, 레스토랑, 바, 클럽 사진이 가득했다. 홍대에서 성수동, 신사동까지 서울 각각의 지역마다 특유의 분위기가 있었고, 전투적으로 브랜딩한 가게들이 매력을 과시했다. '이런 곳에 가 보는 것도 다 공부인데. 트렌드를 알아야 하는데.'

이 공간이 얼마나 특별한 경험을 약속하는지 말하는 광고 게시물을 보다가 그는 이내 스마트폰을 툭 떨어뜨리며 잠이 들었다.

안타깝게도 B씨는 스크랩해 놓은 멋진 가게는 물론이고 전시, 공연, 강연 등의 이벤트에도 대부분 가지 못했다. 사실 그의 여가 시간에 가장 큰 비중을 차지하는 것은 이러한 정보를 탐색하는 일이었다. 그는 눈에 띄는 대로 인스타그램 게시물을 스크랩한 다음, 꼭 가 볼 곳과 해 볼 것을 별도의 노션 페이지에 정리했다. 비슷한 시기에 열리는 이벤트의 우선 순위를 면밀하게 따져서 목록을 거듭 수정하는 동안 시간과 에너지가 바닥났다. 그러나 이 일은 그에게 분명히 효능감을 줬다. 각종 이벤트가 어디에서 무엇을 주제로 열리는지 아는 것만으로도 '공부'가 되는 것 같았다. 아무것도 모를 뻔했는데, 정말이지 자신이 모르는 사이에 너무나 유익하고 재미있는 것들이 지나가 버릴 뻔했는데, 최소한 이 소식을 알게 되어서 다행이라고 B씨는 안도했다.

동시에 이 안도감 뒤편에선 항상 불안감이 어른거렸다. 그는 자신이 충분히 세련되지 못하다는 생각 때문에 두려웠다. 무언가를 깊이 공부하고 감상하고 생각하고 느껴야 훌륭한 문화예술인이 될 수 있을 텐데, 예술적 심미안을 갈고 닦지 못하면 평범한 수준에서 벗어날 수 없을 텐데, 그렇다면 복합문화공간 운영자로서도 작가로서도 내 장래는 지극히 어두운 것이 아닌가 하는 부정적인 전망이 뒤따랐던 것이다.

#독서와_잡음

B씨의 침대를 보라. 트렌드, 브랜딩, 마케팅, 시간 관리, 집중력 향상, 인공지능, 명상, 글쓰기에 관한 책이 쌓여 있다. 그는 불안할 때마다 책을 샀다. 돈을 많이 버는 방법을 도무지 알 수 없을 때, 아무리 장시간 일해도 일이 끝날 기미가 보이지 않을 때, 계속해서 새로운 기술이 쏟아지는데 그것을 익힐 시간도 이해할 머리도 없다고 느낄 때, 뉴스에 나오는 정치·경제 이야기를 알아들을 수 없을 때, 청소할 시간이 없어서 매일같이 쓰레기통 같은 집에서 잠들었다 깨어날 때, 시간이 있어도 싱크대에 가득 쌓인 설거지를 할 수 없다고 느낄 때, '작가'라는 직업명이 우습게도 여러 달째 일기 한 줄 쓰지 않을 때, 하루치의 삶을 도저히 감당할 수 없다고 느낄 때.

문제를 해결할 실마리를 찾고자 끝없이 온라인 서점에서 책을 주문했지만, 책이 도착한 다음에 실제 그가 할 수 있는 일은 표지와 추천사 감상 정도였다. 긴 글을 읽는 능력을 잃은 지 오래였기 때문이다. 언제부터 이렇게 책을 읽을 수 없었던가? 일

년? 이 년? 과거 그는 독서를 무척 사랑했다. 천국이 있다면 그곳에선 모두가 책을 읽고 있으리라 확신했고, 책을 비추는 스탠드 불빛만큼 그에게 안정감을 주는 것도 없었다. 동그란 스탠드 불빛은 그의 세계에 드리워진 울타리였다. 울타리 안에서 부지런히 문장을 따라가다 보면 이 문장과 저 문장 사이에서 그가 까맣게 잊고 있었던 기억이 떠오르기도 했다. 어느 날에 본 풍경, 누군가 자신을 바라보던 표정, 스쳐 지나간 목소리. 문장들은 그의 의식 세계의 깊은 곳을 휘저었고 오랜 시간 가라앉아 있었던 삶의 조각들이 수면에 떠올랐다. 그는 이 조각들을 관찰하는 일이 좋았다. 독서란 책의 문장과, 문장과 무관하게 떠오르는 그의 경험이 이중주처럼 흘러가는 행위였다. 이 흐름에 몸을 맡기는 일만큼 관능적 즐거움을 주는 것도 없었다. 기억 속 장면과 눈앞의 문장이 뜻밖의 병치를 이룰 때면 자신이 경험한 일들의 의미가 드러나는 것 같았다. 그는 이 행위를 거듭하면 마침내 삶을 온전히 이해할 수 있을 거라고 믿었다.

B씨가 스마트폰, 스마트폰으로 보게 되는 콘텐츠에 중독된 이후 그의 삶은 다소 망가졌다. 이전의 독서 행위에선 이제 막 발견한 문장과 문장이 자극하는 기억이 음악처럼 흘러갔다면 지금 그에게 남은 것은 잡음뿐이었다.

잡음 하나, 투두 리스트 강박. '새 바지 살까? 운동 언제 시작하지? 냉장고 청소해야 하는데. 투두 리스트에 써 놓자.'

잡음 둘, 에스앤에스(SNS). '벌써 인스타나 트위터에 안 들어간 지 몇 시간이 지났군. 재미있는 거 올라왔는데 나만 모르고 있는 거 아니야? 좋은 강연이나 행사 같은 건 빨리 마감되는데, 놓치면 안 되는데.'

잡음 셋, 막연한 불안. '나는 앞으로 어떻게 살아야 할까? 돈벌기는 글렀나? 앞으로 마포구 집값이 계속 오르면 어쩌지? 내가 늙고 병들면 누가 돌봐 주지? 나 왜 자꾸 이런 생각하지? 내꿈과 목표가 고작 안정적인 삶이었나?'

잡음 넷, 망상. '로또 당첨돼도 애인 안 버려야지. 난 정말 순정파야.'

이러한 잡음이 B씨의 머릿속을 꽉 채웠다. 그는 책의 한 페이지를 집중해서 읽어 보려다 포기하고 스마트폰을 집어 들었다. 독서가 힘든 것과 달리 트위터에 올라온 글을 읽다 보면 몇 시간이 훌쩍 사라졌다. 글자를 읽는 건 똑같으니 책 대신 스마트폰을 본다고 크게 다를 것 있나 싶지만, 각각의 사람들이 140자 안쪽으로 쏟아 내는 글을 휘리릭 훑어보는 것과 책을 읽는 경험은 아주 달랐다. 오늘의 뉴스와 페미니즘, 노동, 기후위기관련 트윗이 획획 지나가는 가운데 가끔 웃긴 '짤방'이나 변기세척제 광고가 끼어들었다. 트위터를 보면서 그는 아무 생각도 하지 않았다. 누군가 웃기고 재치 있는 글을 올리면 '큭' 웃었고, 불쾌한 글을 올리면 '쯧' 혀를 찼으며, 대부분의 시간은 무표정하게 손가락만 움직였다.

'내 주마등의 장면은 스크롤 하듯 위에서 아래로 흘러갈까.'

스마트폰으로 봤던 온갖 이미지와 글자가 다시 한번 지나가고, 이것이 내 인생이었구나 생각하는 순간을 상상하면 등골이 오싹했다.

#레디_액션

B씨의 애인은 B씨와 비슷한 일을 한다. 그는 사람들에게 집을 셰어하고 커뮤니티를 제공하는 자영업자다. B씨는 처음 연애를 시작할 때 그가 자유롭고 재미있는 삶을 사는 사람이라는 환상을 가졌다. 그의 인스타그램엔 드넓은 자연 혹은 화려한 파티 장소에서 먹고 마시고 춤추는 사진뿐이었기 때문이다. 이것이 그의 인스타그램 계정 컨셉이라는 것은 나중에 알게 되었다. B씨의 애인은 먹지도 마시지도 않으며 스무 시간씩 일하기 일쑤였는데, 그 일의 일부가 '먹고 마시고 춤추는' 사진과 영상을 보정하고 편집해서 인스타그램에 올리는 것이었다. 그는 자신이 자유롭고 신나는 삶을 살고 있으며, 자신이 운영하는 코리빙-커뮤니티 서비스를 이용하면 이러한 삶을 살 수 있다는 메시지를 팔로워들에게 전했다.

"제발 핸드폰 좀 내려놔."

데이트할 때 B씨가 애인에게 가장 자주 하는 말이었다. 클럽과 술집에 자리가 없어서 돌아 나올 때조차 B씨의 애인은 한동안 입구에 서서 공간의 모습을 촬영했고, 마치 이곳에서 신나는 시간을 보낸 것처럼 편집한 다음 며칠 후에 인스타그램에 올렸다. "이게 다 팬 서비스지." B씨의 애인은 장난스럽게 말했다. B씨는 데이트하는 내내 애인이 스마트폰을 들고 주변을 촬영하는 모습을 보면 헛웃음이 나왔다. 한편으로는 그의 유연한 손목 스냅이 유능함의 증거처럼 보이기도 했고, 끝없이 인스타그램 게시물을 만들고 삶을 연출하려 노력하는 자세가 귀엽기도 했다. 그는 이렇게 어처구니없음과 애잔함이 뒤섞인 감정을 대강 사랑이라고 불렀다.

#데모데이

B씨가 오늘 참여한 이벤트는 공간 기반 비즈니스 스타트업의 데모데이다. 자신이 운영하는 복합문화공간을 어떻게 하면 지속할 수 있을지 고민하다가 이 행사를 알게 되었고, 아이디어를 얻고자 여러 스타트업이 아이템을 설명하는 이 자리에 왔다. 평생 문학 언어에 익숙했던 B씨는 이곳에서 난무하는 경영

언어를 들으며 당황한다. 그는 '피봇(pivot), 엑시트(exit), 비투비(B2B), 비투씨(B2C)' 같은 낯선 단어를 알아들으려 애쓴다. '고도화, 핏(fit)한, 인사이트(insight)' 같은 말도 뜻은 짐작할 수 있지만, 그가 일상생활에서 단 한 번도 써 보지 않은 단어다.

B씨는 데모데이에서 독립서점, 독특한 카페, 복합문화공간 운영에 관한 얘기를 들을 거라고 생각했는데 나오는 이야기가 기대와는 좀 다르다. 무대에 오른 이들은 도심 내 유휴 공간을 정원이나 창고로 개조하는 컨설팅 사업, 빌라촌 관리 IT 솔루션, 주택지의 지분을 1주 단위로 쪼개어서 매매하는 어플리케이션 등등을 발표한다. 사업 아이템은 각각 다르지만 모두가 자신의 사업을 '플랫폼'이라고 소개한다. '판매자와 소비자를 이어 주는 서비스'라는 플랫폼의 정의를 떠올리면 이 사업이 플랫폼이 맞는가 혼란스럽다가도 발표를 들어 보면 말이 되는 것 같다.

"어떻게 수익을 낼 건가요?"

심사위원의 질문에 답하는 말도 비슷하다.

"우리는 플랫폼을 확장하여 최대한 많은 고객의 데이터를 수집할 것입니다. 보유한 데이터를 기반으로 대기업과의 엠앤에이(M&A)를 목표로 합니다. 이것이 우리의 엑시트 전략입니다."

B씨는 사업이 무엇인지 처음으로 감을 잡는다. 나는 이제까지 사업이 아니라 '가게'를 하는 것만 생각했구나. 그런데 사업을 하려는 이들은 처음부터 투자를 받아서 상품이나 서비스를

저렴한 가격에 대량 판매하고, 거기에서 수입을 얻는 것뿐만 아니라 수집된 데이터까지 자본으로 만들어서 보다 큰 기업에 파는구나. 투자자들은 이렇게 얻은 수익을 회수한 다음 새로운 투자처를 찾고, 창업가 역시 천년만년 동일한 상품이나 서비스를 판매하는 일을 하는 것이 아니라, 회사를 매각하거나 일부 지분을 팔고 새로운 창업 아이템을 찾는 식으로 일하는구나. 이것이 자본이 움직이는 방식이구나.

B씨는 자신이 운영하는 공간에 좀 더 많은 사람들이 오고, 가능한 오랫동안 이 자리에 앉아서 오손도손 글 쓰는 것만 꿈꿨지, 시장에서 치고 빠지며 새로운 아이템을 찾아야 한다고는 생각하지 못했다.

'이렇게 제자리에서 멍하니 살다가 자빠지는 건 한순간이군.'

B씨는 자신이 망하지 않은 게 기적 같다고 생각하다가, 사실은 점진적으로 도태되어 가는, 망해 가는 과정인지 모른다는 생각에 숨이 막힌다.

데모데이 마무리는 시상식이다. 오늘 발표한 스타트업 팀 중 1~3등을 선정해서 상금을 준다. 5,000만 원, 1,000만 원. 상금 액수도 엄청나다. 문화예술계에서 100만 원을 받으려고 기나긴 지원사업 서류를 쓰며 살았던 B씨에겐 충격적인 액수다. 내가 단어를 몰라서, 단어만 알았다면. B씨는 경영 단어를 익혀서 스타트업 경진대회에 나가야겠다고 다짐하며 '비투비, 비투

씨' 입안으로 웅얼거린다. 단어만 이해하고 문장만 잘 쓰면 업계에서 잘 풀릴 수 있을 거라고 믿는 문학도의 습성을 버리지 않는 한, 창업 생태계에서 그의 미래는 어둡다.

#차에_치였으면

"회사에 가기 싫어서 차라리 차에 치이길 바랐어요. 그러면 회사에 안 가고 입원해서 쉴 수 있으니까."

B씨는 정말 많은 사람에게 이 말을 들었다. 처음에는 안타까워하면서 놀랐지만 이제는 무덤덤하다. 가슴에 뒤엉킨 절망감을 표현하는 하나의 유행어 같은 거지. 이 말을 하든 하지 않든 너도나도 똑같이 피곤하고 절망적이다. 회사에 다니지 않고 독립적으로 일한다고 피로와 절망이 해결되지는 않는다. B씨가 가장 자주 만나는 사람은 문화예술업에 종사하는 프리랜서 예술인들이다. B씨처럼 글을 쓰는 사람도 있고 시각예술이나 공연예술 분야에서 활동하는 사람도 있다. 하는 일은 다르지만 모두의 주요한 관심사는 '어떻게 먹고살 것인가'이다. 프리랜서 예술인들이 꿈꾸는 것은 자기 작품만으로 먹고사는 것이지만 이 미션에 성공한 이는 극히 드물다. 많은 예술인이 외주 일을 병행하고, 아예 자신의 분야와 상관없는 아르바이트를 하기도 한다.

B씨 주변 예술인들의 아우성:

작품을 발표해도 봐 주는 사람이 없어요.

어떻게 하면 홍보를 잘할 수 있을까요?

글 쓰고 책 팔아서는 돈 못 벌죠. 그걸 '포폴' 삼아서 강연을 해야죠.

맞아, 지금 하고 있는 일은 다 다음 일을 위한 포폴이지.

요새는 인스타가 포폴이야. 부지런히 해야 해.

유튜브 구독자가 늘지 않아서 너무 힘들어요.

'알고리즘'의 선택을 받아야 하는데….

콘텐츠를 계속 (플랫폼에) 올려야 잘될 가능성이라도 있는데, 당장 돈이 되는 게 아니니 도대체 언제까지?

삶 전체가 콘텐츠가 되는 것 같아서 두려워요.

차라리 내 삶을 다 팔고 싶다! 하지만 너무 흔한 상품인데….

"어떻게 먹고살 것인가?" 견문이 얕은 B씨에겐 두 가지 답밖에 없는 것 같다. 플랫폼 사업을 하거나, 플랫폼에서 유명해지거나. 스타트업 데모데이에 참여한 이들은 전자를 택했고, B씨 주변의 문화예술업에 몸 담은 이들은 후자를 지향한다. B씨는 두렵다. 두 가지 과업 모두 성공적으로 수행할 자신이 없다. 차라리 귀촌할까? 농사를 지을까? 그는 스마트폰으로 귀촌 및 농업 지원사업을 찾아본다. 30초 정도 검색하다가 한숨을 푹

쉬고 웹 페이지를 빠져나온다. 눈을 감고 심호흡을 하는 B씨. 전략을 생각해야 한다. 아무 기술도 체력도 없는 그가 어떻게 생존할 수 있을 것인가? 늙어서 죽을 때까지 1~2구간에 머무르기만 해도 좋다는 그의 소박한 동시에 원대한 꿈은 어떤 방식으로 실현 가능한가?

#연결_시장

　　B씨는 데모데이에서 크게 자극을 받은 다음에 공공기관에서 하는 창업 교육 프로그램에 참여한다. 낯선 경영 언어를 마스터하고 사업계획서를 어떻게 쓰는지 차근차근 배워 볼 참이다. 수업을 하는 강사들은 열정적이고 학생들도 적극적이다. 웃음과 포부, 다짐이 넘실거리는 공간에서 B씨는 '성공'이라는 단어를 떠올린다. 그의 머릿속에선 '성공'이 특정한 상태라기보다 분위기로 다가온다. 가벼운 흥분과 열기, 애써 침착한 척하지만 누가 손가락으로 조금만 간질이면 폭소가 터져 나올 것 같은 분위기. 성공하고자 하는 사람들이 모여 있는 장소엔 늘 이런 공기가 감돌았다. 스타트업 데모데이에서도, 얼마 전 한 카페에서 목격했던 열띠게 주식 이야기를 하는 남자들의 테이블에서도, B씨 애인과 지인들이 종종 만나서 사업 이야기를 나누는 자리

에서도.

B씨는 예비 창업자들의 아이템 발표에 귀를 쫑긋 세운다. 그에게 가장 자주 들리는 단어는 '연결'이다. 요즘은 어떤 사업을 하려고 해도 커뮤니티 구축이 필수다. 콘텐츠를 발행하든, 물건을 팔든 커뮤니티를 만들어서 자신의 플랫폼에 사람들을 유입시키려 한다. B씨의 인스타그램 피드에도 각종 커뮤니티 홍보 게시물이 계속해서 뜬다. 업계 사람들과 교류하며 비즈니스 인사이트를 얻어 봅시다, 취향이 비슷한 사람들을 만나서 특별한 대화에 빠져 봅시다, 매일의 운동과 독서 기록을 함께 인증하며 나를 성장시켜 봅시다… 연결의 장을 제대로 만들기만 하면 팔 것으로 생각하지 않았던 것들도 상품이 된다. 도심 속 유휴 공간, 비어 있는 나의 집, 사람을 만날 기회, 아침에 일어나는 습관까지. 지금까지 B씨가 해 온 일도 크게 다르지 않다. 그는 예술인들이 창작 활동에 매진할 수 있도록 작업 공간을 제공하고, 글쓰기 모임과 독서 모임을 기획하여 교류의 장을 만들었다. 그는 자신의 일이 공익적 가치를 창출하는 것이라 믿어 의심치 않았다.

그러나 '연결'이라는 단어에 거듭 노출되면서 B씨에게 회의감이 서서히 자라난다. 사람들에게 예술 교육 및 향유의 기회를 제공하는 것은 사실 공공기관의 역할이 아닐까? 사회 공적 서비스의 손길이 미치지 않는 부분을 시장으로 판단해서 개인 사업의 기회로 삼는 것이 옳은 일일까? 연결이 상품이 되는 세상이 괜찮은 걸까? 아니, 그렇게 따지면 제품과 서비스를 판매하는 모든 일이 다 문제가 아닌가? 아이 씨, 나는 왜 자꾸 이런 생각을 하지? 돈을 벌 자신이 없어서 자본주의사회를 삐딱하게 보는 걸까? 패배자이기 때문에 윤리적으로 우월한 위치를 점하려고 하는 걸까? 목표에 돌진하지 못하고 자꾸 다른 생각에 빠지는 자신이 부끄럽다. 그는 창업 교육을 받고 돌아오는 날이면 하루치의 수치심을 소화하고자 가장 무익한 행동인 '혼술'에 빠지곤 한다.

#상품

창업 교육장에서 B씨의 사업계획서를 본 강사는 몇 가지 수정 사항을 말해 준다.

"지금까지 대표님이 운영하신 공간에 대한 설명이 사업계획서에 더 들어가면 좋겠어요. 2019년부터 한자리에서 계속 공간을 운영해 오셨으면 애착이 클 것 같고, 그 안에서 많은 경험을 해 오셨을 것 같거든요."

B씨는 동의한다. 애착이 크고 여러 가지 경험을 했다. 복합문화공간 운영으로 돈을 많이 벌지는 못했지만 아름다운 무형

적 가치를 만들었다고 생각한다. 그 가치에 대한 이야기가 사업 계획서에 들어가면 참으로 좋을 것이다. 단, 수익성을 뒷받침하는 근거로.

B씨는 복합문화공간에서 보낸 시간을 돌아본다. 글쓰기 강연과 워크숍, 독서 모임, 네트워킹 데이를 빙자한 술 모임 등등. 하루하루가 행복으로 가득하다는 건 거짓말이나, 다른 장소에서 경험하지 못한 벅찬 순간이 있었던 것도 사실이다. B씨는 이 공간에서 사람들과 글 쓰고 책 읽고 대화하며 마음을 기대는 느낌을 받곤 했다. 서로가 서로의 삶을 일정 부분 지탱해 주는 감각.

몇 년 전 B씨의 공간에 회사원 한 명이 왔다. 그는 퇴근 후 매일같이 이곳으로 와서 긴 의자에 누워 잠을 자곤 했다. 그가 잠을 자면 다른 사람들도 덩달아 잠이 들었다. 사람들이 여기저기 책상에 엎드려서 잠든 모습을 보면 B씨는 마음이 왠지 편안해졌다. 언젠가 한번 B씨가 회사원에게 왜 집에서 자지 않고 여기에 와서 자느냐 묻자 이런 대답이 돌아왔다.

"혼자 자면 너무 심심하잖아요. 여기서 같이 자니까 좋아요."

B씨는 깊이 공감했다. 맞아, 혼자 자는 건 심심하고 재미없어. B씨 역시 이곳에서 자주 낮잠을 잤다. 대낮에 긴 의자에 누워서, 사람들이 키보드를 치거나 낮게 이야기하는 소리를 비몽사몽간에 듣고 있으면 마음 깊이 안도감이 밀려오곤 했다. 어린

시절 집에서 낮잠을 자다가 깨어나면 눈앞의 현실에 적응할 때까지 어리둥절하고 불안한 마음이 들었는데, 이곳에서는 모든 게 잠들기 전과 마찬가지이며, 앞으로도 그대로 있을 거라는 안정감이 들었다.

B씨의 머릿속에 사람들과 대화하고 웃고 장난쳤던 시간이 지나간다. 그는 자신의 사업이 사람들에게 제공한 안도감, 위안, 이해와 공감 같은 정서적 가치가 하나의 상품이라는 것을 인정해야 한다. 무엇이 상품이 아니란 말인가? 사람들을 연결하는 것도, 사회를 바꾸는 것도, 지구를 살리는 것도 하나의 상품이다. 개인과 사회의 문제를 해결하는 제품 및 서비스를 제공하고 수익을 얻는 것은 훌륭한 일이며 '사업'이라는 행위의 더없이 긍정적인 면이다. B씨가 참여한 창업 교육 과정에서는 야합을 하고 뒷돈을 받는 일을 가르치지 않는다. 우리는 세상에 도움이 되고 사람들에게 필요한 제품과 서비스를 만들려고 고민할 뿐이다. 그런데도 B씨는 무언가를 견딜 수 없다. 그는 집으로 돌아오는 지하철에 앉아서 스마트폰을 보거나 팟캐스트를 듣지 않는다. 그저 눈을 뜨고 가만히 앉아 있다. 가슴속에서 여러 목소리가 아우성친다. 성공하기를 원한다면 네 경험과 가치를 시장의 논리에 맞게 설명하라. 싫다면? 하지 말든가. 아니에요, 너무나 원해요….

창업 교육 강사가 예시로 보여 주는 데모데이 영상을 보며 B씨는 눈이 휘둥그레진다. 발표자의 자신만만한 자세, 여유 있는 웃음, 힘 있는 발성과 유려한 말의 흐름. '테드(TED)'나 '세바시' 같은 쇼에서 봤던 강연자들보다도 한 수 위 같다. 발표자들의 등 뒤엔 애니메이션 효과를 동원한 슬라이드 쇼가 펼쳐진다. 그들이 소개하는 혁신적인 기술과 서비스 이야기를 듣고 있으면 세상에 꼭 필요했던 상품이 어째서 이제까지 없었는지 안타까움이 일어난다. 걱정할 일은 아무것도 없다. 기술과 서비스가 해결하지 못할 문제는 아무것도 없다. 발표가 끝날 때 박수가 우레처럼 쏟아진다.

강사는 예시 영상을 멈추고, 발표자가 무대에서 무언가를 가리킬 땐 손가락 대신 손바닥을 보이는 편이 신뢰감을 준다거나, 시선을 바닥이나 허공에 두면 안 된다거나, 생각하지 못한 질문을 받았다고 모호하게 대답하면 안 된다는 것 등등을 가르쳐 준다. B씨는 사업계획서를 발표하는 자리에선 취약함을 드러내거나 암시하는 어떤 말과 행동도 용납되지 않는다는 걸 단박에 이해한다. 긴장, 당황스러움, 혼란, 회의감 같은 정서를 드러내는 순간 끝이다. 내 사업은 투자받을 만하며 성공할 수 있다는 확신을 온몸으로 전달해야 한다. B씨는 스타트업 데모데이에 나가서 스포트라이트를 받으며 발표하는 자기 모습을 떠올린다. 사람들 앞에 나서서 말하는 것을 좋아하지 않지만, 책을 쓰고 공간을 운영한 다음부터 좋든 싫든 앞에 나서서 말해야 하는 자리가 많았다. 그는 자신이 이 일을 괜찮은 솜씨로 해낼 수 있다는 걸 안다. 어려운 과업을 해치운 직후, 도파민과 효능감에 휩싸일 때처럼 근사한 순간이 또 있겠는가? 그는 자신이 살아갈 가치가 있는 존재라고 잠시 믿을 수 있을 것이다.

#무감각

다시 B씨의 구글 캘린더에 아무것도 없던 날로 돌아가자. B씨는 소중한 하루를 낭비해 버리지 않으려고 데이트를 했다. 그는 애인과 불광산을 올라가다가 눈에 띄는 절에 들어갔다. 절 마당을 한 바퀴 걷고 의자에 앉았다. 사방이 조용했다. 미세먼지가 심해서 하늘이 뿌옜지만, 그래도 높은 건물과 번쩍이는 광고판을 벗어나 넓은 하늘 아래 앉아 있으니 숨통이 트이는 기분이었다. 잊어버렸던 무언가가 떠오르려 했다. 그러니까 '집중력' 같은 것. 눈앞의 세상을 바라볼 수 있는 능력. 지루해 하지도 초조해 하지도 않고 가만히 있는 감각. 이런 시간이 오랜만이라고 생각하자마자 그는 다시 초조해졌다. 좋은 것을 좋다고 느끼고 싶었다. 아름다운 것을 아름답다고 느끼고 싶었다. 그런데 요즘은 세상과 자신 사이에 불투명한 막 같은 것이 한 겹 있어서 아무리 손을 뻗어도 닿지 않는 것 같았다. 어렸을 때 책을 좋아했을 땐 말이야, 살아 있는 기분이었지. 눈앞을 명징하게 보는 것 같았어. 인생을 이해하고 있다는 황홀함을 느꼈지. 다 지나가 버린 시간이야. 그런 집중력은 두 번 다시 돌아오지 않을 것 같았다.

B씨의 애인은 스마트폰을 들고 절의 풍경을 촬영하느라 분주했다. 그는 나비처럼 팔랑거리며 B씨의 시야에서 멀어져 갔다. 커다란 산과 대비되는 조그만 애인의 모습이 애잔한 감정을 일으켰다. 이런 마음도 무척 오랜만이었다. 요즘 들어선 풍경만이 아니라 사람들의 말과 행동에도 감흥이 줄어들었다. 눈앞에 있는 이가 자신의 고민을 이야기하다 눈물을 보여도, 함께 대화해서 즐거웠다고 미소를 보여도, 신경 써서 고른 것이 분명한 선물을 챙겨 줘도, 바쁘고 피곤할 것이 분명한데 내가 부탁한 일을 힘껏 도와줘도 마찬가지였다. 안타까워. 위로해 주고 싶어. 즐거워. 고마워. 그는 이러한 감정을 깊이, 제대로 느끼고 싶었지만 모든 장면이 불투명한 막 뒤에서 일어나는 일 같았고, 자신의 삶을 제대로 실감할 수 없다는 좌절감만 밀려왔다.

그는 현실이 무엇인지 알 수 없었다. 며칠 전까지는 패딩을 입었는데, 오늘은 갑자기 초여름처럼 기온이 치솟아도 덤덤했다. 꿀벌이 멸종하고 있다는 기사를 봐도 놀라지 않았다. 이미 돌이킬 수 있는 시간은 지나 버렸으므로 지구의 수명이 얼마 남지 않았다는 이야기를 들어도 마찬가지였다. 당장 사계절 꽃이 한꺼번에 피는 것을 보면 그 예측을 진실이라 믿을 수 있었지만, 이러한 현실에 집중할 수 없었다. 스마트폰을 너무 많이 보기 때문일까? 내 손에 쏙 들어오는 적당히 자극적인 세상, '좋아요'를 눌러서 사라지게 해 버릴 수 있는 세상이 아니라 진짜 세상은 너무 거대하고 통제 불가능해서 생각할 수도 느낄 수도 없었다.

#공격성과_슬픔

'자본-여성-기후 연구 세미나'는 기후정의 활동가 희음의 진행으로 B씨가 운영하는 공간에서 이어진 모임이다. B씨는 이 모임에 참여해서 마르크스의 『자본론』과 실비아 페데리치의 『캘리번과 마녀』를 함께 읽고 이야기 나눴다. 지금과 같은 자본주의 시스템의 작동 방식을 당장 멈추어야 한다거나, 사회에 만연한 '성장'이라는 신화에서 벗어나야 한다는 말을 B씨는 이 모임에서 난생처음 들어 봤다. 물론 어디선가 읽거나 흘려들은 적은 있겠지만 그의 앞에서 힘주어 말하는 사람들을 처음 만난 것이다. 이 세미나에 모이는 사람들은 생태계가 파괴되는 것에 슬퍼하고 분노했고, 인간에게 착취당하는 동식물에 연민을 느꼈고, '돌봄'이라는 단어를 자주 말했다. 언젠가 한 사람이 숲이 망가져 간다고 이야기하면서 눈물을 보인 적이 있었다. B씨는 그가 무엇을 느끼는지 이해하고 싶어서 조바심이 났다. 자기 삶 하나도 처치 곤란인 B씨에겐 무언가를 돌보려는 마음을 낸다는 것 자체가 상상이 되지 않았다.

세미나 사람들의 목소리 톤은 다 달랐지만, B씨에겐 이곳에서 오가는 말들이 전반적으로 낮고 느리고 부드럽게 들렸다. 그는 창업 교육장에 가서 산뜻한 공격성으로 무장한 사람들과 함께 있다가 세미나 장소로 오면 전혀 다른 분위기 때문에 얼떨떨한 기분에 빠지곤 했다. B씨는 가끔 불쑥 화를 내고 싶었다. 그는 아픔을 느끼는 사람이 되는 것이 두려웠다. 트렌드를 포착하고 기민하게 움직여서 '엑시트'해야 하는 사회에서 슬픔이 자신의 속도를 떨어뜨릴까 봐 두려웠다.

기적의 아침

최지원

'미라클 모닝'을 아시는지. 새벽 네 시에 일어나 영어 공부를 하고 책을 읽고 차를 마시고 운동을 하는 사람들이 유튜브, 블로그, 인스타그램 알고리즘을 타고 내 눈앞에 등장하기 시작했을 때, 감히 눈을 뗄 수가 없었다. **[갓생 브이로그] 딱 일주일만 해 보세요 인생이 달라집니다, 미라클 모닝.** 어찌나 밝은 얼굴로 말을 하던지, 나는 왜 저런 방법을 시도해 보지 못했던가.

부끄러운 고백이지만 나는 타고난 늦잠꾼이다. 아침형 인간, 저녁형 인간, 이런 구분에 굳이 따르자면 나는 저녁형 혹은 새벽형 인간이라고 할 수 있겠다. 아침형이든 저녁형이든 그 자체에는 좋고 나쁨이랄 게 없다. 사람마다 다른 것이다. 그러나 누구나 안다. 이 세계에서는 아침형 인간이 가장 좋은 것이다. 아침형 인간은 근면하며 성실하고 부지런하며 능력 있으며 진취적이고 계획적이고 생산적이며… 여하튼 아침형 인간이 최고이다. 나의 여러 비극들은 내가 아침형 인간이 아니라는 데에서 기인했다. 한국 사회에서 저녁형 혹은 새벽형 인간으로 산다는 건 늘 스스로가 게으르고 모자라다는 느낌을 가지고 산다는 것이다. 아, 부지런한 사람들. 그 성실함이 나를 절망케 했다.

나는 오랫동안 도피성 수면으로 기분장애를 해결해 왔다. 잠을 잘 때만큼은 모든 것으로부터 도망칠 수 있다. 온몸이 녹아내리는 것 같은 달콤함. 열여덟 시간 내지는 스물두 시간까지 자는 일은 황홀하다. 자는 동안에는 누워 있는 내 몸도 보이지 않고 내 몸이 속해 있는 세계도 보이지 않는다. 새까맣고 아름다운 잠 속에서 하루 이틀 사흘 나흘이 흐른다. 물론 잠에 들 수 없거나 원치 않게 잠에서 깨야 할 때도 있고, 그럴 때에는 무척 괴롭다. 더는 있고 싶지 않은 현실에서 도망칠 수 없다는 것 때문에. 그런데 미라클 모닝을 하려면 잠을 문제 삼아야 한다. 일찍 잠들고 아주 일찍 일어나야 한다. 그리고 적게 자야 한다(당연하게도 열여덟 시간 자고 네 시에 일어나는 건 미라클 모닝으로 쳐주지 않는다). 나는 나의 오래된 문제를 해결할 때가 왔다고 생각했다. 잠을 줄이고 부지런하고 지각하지 않는 사람이 되자. 왜, 라는 질문은 잠시 미뤄 두고. 나는 네 시에 일어나야 해. 늦어도 네 시 반에는 일어나야 해. 그리고 뭔가를 해야 해. 자기 전에 몇 번이고 마음속으로 되뇌었다.

우습지만 나는 한 번도 미라클 모닝에 성공하지 못했다. 눈을 뜰 때마다 알람은 모두 꺼져 있었고 한 번도 빠짐없이 실패했다. 누군가의 아침은 매일 기적이라는데. 미라클 모닝과 함께한 모든 아침이 수치와 절망이었다. 어쩌면 뻔한 결과였을지도 모른다.

문득 궁금해졌다. 매일 아침이 기적이어야 한다는 건 무슨 뜻일까? 유튜브 영상들을 보면 사람들의 댓글이 보인다. 정말 노력 없이 주어지는 건 없어요. 저도 꼭 해 볼게요. 스스로 돌보는 모습이 따뜻해요. 의지가 멋져요. 독기가 부러워요. 이어지는 댓글들에 두통이 밀려왔다. 노력. 독기. 의지. 그런 것들이 나에게는 왜 없는 것일까.

자본주의는 성장주의와 동업하여 무한정 반복되는 목소리를 판다. 부족해, 충분하지 않아, 더 나아져야 해. 나는 그들의 단골 손님이다. 언제나 더 원하고 만족을 모르는 단골. 감사합니다. 많이 파세요. 꼬박꼬박 매상을 올려 주는 부지런한 손님. 매일 완벽주의를 사고, 시종일관 불안에 시달린다. 완벽주의의 짝은 불안이기 때문이다. 더 훌륭한 학생이 될 것. 더 매력적인 노동자가 될 것. 나아져야 해. 못 할 것 같아. 나는 두 문장을 거부하는 법을 모르고 왕복운동을 반복한다. 스스로 성장, 발전, 개발의 압박을 부여하고 매일 눈물을 흘린다.

이런 불안은 단지 조직 속에서만 발휘되는 것이 아니다. 오히려 친밀한 관계 속에서 가장 빛을 발한다. 나의 가장 큰 불안은 언젠가 친구들이 나만 놓고 뚜벅뚜벅 걸어가 버리는 상상에서 온다. 실제로 대부분의 친구들은 아주 다정하고 부드럽고 관대하지만, 나에게는 내가 성장하거나 발전하지 않으면 그들을 만족시킬 수 없다고 생각하는 습관이 있다. 더 친절하고 아름다운 친구 혹은 동료가 되기, 더 성실하고 박식하고 어쩌고저쩌고 완벽한 사람이 되기. 우스꽝스럽고 결벽적이기까지 한 높은 기준 앞에서 나는 매일 키를 잰다. 턱없이 부족한 나를 확인하는 것은 짜릿한 절망이다.

그러니 내가 미라클 모닝을 마주한 순간 나는 그것을 거부할 수 없었다. 이 말은 곧 절망을 피할 길이 없다는 말과 같다. 그렇게 몇 주간 고통에 절여지다가, 미라클 모닝의 절망에 대한 시를 써서 대학원 단톡방에 올렸다. 기도에 대한 시를 써서 올려 주세요, 교수님의 말씀에 적은 시였다. 제발 하느님 기적을 주세요. 매일 아침 기적을 저도 누리게 해 주세요. 대충 이런 내용이었다. 그랬더니 어떤 동료 선생님이 말씀하셨다. 지원은 참 욕심이 많구나. 그 말에 웃음이 났다. 미라클 모닝에 대한 시라는 건 모르고 하신 말씀이었는데, 사실은 핵심적인 피드백이었다. 매일 아침 9시에 눈 뜨는 것도 힘든 내가 4시 반에 일어나겠다는 건 말도 안 되는 욕심이다.

나의 욕심은 어디서 온 것일까? 나의 고유한 성정일까? 사회에서 주입된 욕망일까? 그것을 구분할 수 없었다. 그게 나의 매일의 슬픔이 되었음을 깨달았다. 슬픔의 수레 바퀴를 돌리는 것도 나였고 그 속에 들어가서 빙글빙글 돌아가는 것도 나였다. 이게 모두 자본주의의 탓입니다, 라고 말할 수 있을까? 사실 나는 자본주의의 피해자이기만 한 것이 아니다. 이를테면 누군가는 나를 보면서 저렇게 열심히 노력하고 독기 있게 성장해야 한다고 생각했을 수도 있다. 너는 발전하는데 나는 그냥 바보야.

이런 말은 내가 자주 하는 말이었고 때로는 듣기도 하는 말이었다. 등골이 오싹해졌다. 나는 나를 괴롭힘으로써 나의 친구들을 병들게 하는 데에 일조한 것이 아닌가.

성실하고 착한 내 친구들이 점점 아플 수밖에 없다는 사실을 받아들이기가 힘들다. 아플 수밖에 없는 데에 여러 이유가 있지만, 우선 가장 큰 이유는 우리가 사는 세계가 착취와 채굴을 일삼는 곳이라는 데 있다. 자본주의사회는 자원뿐만 아니라 사람도 착취하고 채굴한다. 그리고 더 뽑아낼 것이 없으면 내버린다. 그러니 우리의 몸과 마음은 병들 수밖에 없다. 채용될 만한 인재가 되기 위해 수년간 노력한 친구들이 그 결실로 합격 통지를 받아들었을 때만 해도, 나는 친구들을 자랑스러워했다. 그런데 시간이 지날수록 친구들은 아프기 시작했다. 이유도 모르고 여러 고통에 시달리는 친구들을 보는 것은 큰 고통이었다. 노력의 대가가 질병이어서 분노한다는 뜻은 아니다. 아무런 인과 없이 질병과 함께하는 사람도 있다. 그런데 아플 수밖에 없는 구조 속에 밀어 넣어지면서, 아픈 몸이 되면 배제되는 세계에 살고 있다는 것에 대해, 어떻게 분노 없이 이해할 수 있겠는가.

미라클 모닝에 실패한 아침에, 나는 혁명을 하고 싶었다. 그리고 친구들이 차차 아파질 수밖에 없다는 것 때문에 괴로운 새벽에, 모든 것을 뒤집고 부수고 싶었다. 구조를 깨기 위해 싸우는 아름다운 동료들을 보면 언제나 눈물이 난다. 아름답다. 함께하고 싶다. 그런 마음에. 그러나 나는 이 시대에, 자본주의와 젠더 불평등과 기후위기가 가속화된 미친 세상에서, 도대체 무엇을 하며 살아가는가?

우습게도 나의 완벽주의는 여기에서도 발동된다. 아름답고 성실한 동료들만큼, 그보다 더, 효과적이고 효율적인 혁명의 방법을 찾느라, 찾기만 하느라, 기진맥진되었다. 그리고 그것을 못하는 나를 비난하느라 또 한바탕 소진되었다.

예컨대 나는 완벽한 비건도 되지 못한다는 것을 받아들이고 싶지 않았다. 그러나 될 수가 없었다. 그렇다고 깨끗이 포기하기엔, "채식주의자요? 저는 육식주의자입니다" 이런 농담에 웃을 비위도 없다. 혁명의 자격 같은 것이 있다면 나는 서류 탈락일 것이라고 생각하면서 슬픔과 자기 비난의 수레바퀴를 돌렸다. 비겁하고 애매하고 우유부단하여 일상이 우왕좌왕 자체인 사람도, 혁명을 할 수 있나요?

대학원 동료 선생님에게서 시에 대한 응답을 받은 것은 도나 해러웨이의 글을 읽고 공부하는 세미나 시간 중이었다. 도나 해러웨이는 기본적으로 존재가 원래 독립적인 존재가 아니라 상호의존적인 주체이며 공동체적 돌봄의 가치가 재고되어야 한다고 주장한다. 그렇다면 어떻게 돌봄을 실천할 수 있을까? 우리는 이 질문 앞에서 관계를 다시 셈해야 할 필요성을 마주치게 된다. 해러웨이는 이렇게 말했다. "우리의 과제는 우리 모든 오만한 종들이 서로 **응답**할 수 있게 하는 것이다."**⁺** 그에게는 서로에 대한 응답, 이를 통한 창의적인 연결이 중요하다. 연대를 통한 함께 살기와 함께 죽기가 자본주의의 파괴와 인류세 시대의 기후위기에 대응하는 가장 강력한 대응책이라고 생각했기 때문이다.

응답한다는 것은 무엇인가? 이를 위해서는 해러웨이의 논의들을 잠시 살펴볼 필요가 있다. 우선 해러웨이는 우리의 존재를 '퇴비'로 설명하는데, 우리가 사실은 주체와 객체가 구분되지 않고 섞여 얽혀 있는, 오염되어 있는 존재라고 이해하기 때문이다. 나아가 존재하는 모든 것이 퇴비이며, 관계체이지 개체가 아니라고 말한다. 퇴비라는 개념에서는 독립된 정체성을 가지고 살아가는 것이 아니라 서로 "함께-되어가는" 존재라는 점이 중요하다. 복수종들끼리도 '함께-되기'는 이루어진다. 서로 연결되어, 자신과 세계를 끊임없이 변화시키고 있기 때문이다.

이 '함께-되기'를 적극적으로 실천할 때에 새로운 관계성을 생산할 수 있는데, 해러웨이는 이를 위해서는 관계를 맺기 위한 반응 능력, 즉 '응답 능력(reponse-ability)'이 필요하다고 주장한다. 이 응답 능력이 없다면 우리는 다종 간 관계에 대해 이해할 수도 없고 실천할 수도 없다. 응답 능력이 이루어지는 관계를 두고 해러웨이는 탁월한 비유를 하는데, 동시에 이 비유는 상호적인 돌봄이 이루어지는 관계에 대한 비유이기도 하다.

실뜨기 게임은 패턴을 주고받는 것이고, 실을 떨어뜨리고 실패하는 것이지만, 때로는 **유효하게 작동하는 무엇을 발견**하는 것이다. 문제가 되는 연결들을 전달하는 것이다. 실뜨기는 땅에서, 지구에서 유한한 번성을 위한 조건들을 만들기 위해 손에 손을 포개고, 손가락에 손가락을 걸고, 접합 부위에 접합 부위를 이어 가는 가운데 이야기를 하는 것이다. **이전에는 거기에 없었던, 중요하고 어쩌면 아름답기까지 한 무엇을 발견하는 것이다.** 실뜨기에서는 받고 건네주기 위해 **가만히 들고 있는 순간이 필요하다. 실뜨기는 주고받기의 리듬이 유지되는 한 모든 종류의 수족으로 다수가 놀 수 있는 것이다. 학문과 정치도 실뜨기를 닮았다. 열정과 행동, 가만히 있기와 움직이기, 정박과 출항이 필요한 꼬임과 뒤얽힘 속에서 건네주기.**✚✚

실뜨기는 "취약하고 상처 입은 지구에서 살아갈 수 있도록 어떻게든 패턴을 제안하고 실행한다"✚✚✚. 패턴을 주고받으며

✚ 도나 해러웨이, 『트러블과 함께하기』, 최유미 옮김, 마농지, 2021, 7쪽.
✚✚ 위의 책, 23쪽.
✚✚✚ 위의 책, 21쪽.

우리는 서로에게 응답한다. 그 응답은 완전하거나 완벽하지 않다. 실뜨기란 "보편성과 개별성이 아니라 **부분적이고 불완전한 연결**을 가지고 세계들을 결합하고 변형하는 방법"**+**이기 때문이다. 그러나 때로 새로운 패턴을 만들고 때로 아름다운 무언가를 발견하면서 이어진다. 우연한 응답은 예측 불가능한 문제를 만들어 낼 수도 있고 기쁨을 가져다줄 수도 있다. 무엇보다 그 과정에서 함께할 수 있다는 연결을 생산해 낸다. 그러니 돌봄은 조금 더 힘 있는 사람이 약한 사람을 돕는 것이 아니라, "관계 속에서 형성되는 서로 다른 존재들이 연결의 상호작용 속에서 함께 되어가는 실천"인 것이다. 해러웨이가 행한, 관계에 대한 새로운 셈에 따르면 그러하다.

나는 구조에 꼭 맞는 퍼즐이 아니다. 그럼 나는 나의 테두리를 오려 내고 귀퉁이를 뜯어내야 할까. 아니, 그전에 개인을 구기거나 잘라 내지 않고서는 받아들여 주지 않는 구조를 살펴야 하는 것은 아닐까. 하지만 분명 이는 쉽지 않은 일이다. 도저히 깨질 것 같지 않은 구조를 들여다본다는 것은 슬픔이고 절망이며 때로는 피곤한 일이기 때문이다. 이 폭력적인 세상에서 어떻게 살아갈 수 있을까? 우리가 서로를 돌볼 수 있을까? 얼마만큼의 변화를 이뤄 낼 수 있을까? 취약하고 상처 입은 우리의 아픔을 어떻게 보듬을 수 있을까? 이런 질문들 앞에서 나는 금방 무력해진다.

어쩌면 실패의 확률이 더 높을 것이다. 하지만 대화와 성찰은 때로 실패 속에서 이어진다. 마치 실뜨기라는 게 애초에 완벽하지 않아도 되는 것처럼. 해러웨이가 말한 것과 같이 때로 실패하지만 때로 무언가를 발견하는 응답이 우리를 혁명 속으로 이끌기도 한다. 완전한 해결책을 가지고 있지 않아도, 우연하고 부분적인 응답이 있다면 무언가 가능해진다. 위기를 타파할 단 하나의 방법 같은 것은 없다. 우리는 다방면의 방법을 찾아 부족하고 불완전할지라도 "우리가 구할 수 있는 모든 것"✛✛을 구해야 한다.

앞으로 더 아프게 될 나, 지금은 아프지 않지만 아프게 될 친구들, 지금도 아프고 계속해서 아플 몸들을 위해서 지금의 나에게는 기적이 아니라 완벽하지 않은 희망이 필요하다. 드문드문 이어지는 실뜨기 속에서 우리는 있었던 줄도 몰랐던 미래를 발견하게 된다. 서로를 살리는 말들을 주고받게 된다. 그것은 무엇보다 두려움 없는 삶을 상상하게 해 준다.

✛   앞의 책, 28쪽.
✛✛   나오미 클라인 외, 『우리가 구할 수 있는 모든 것』, 아야나 엘리자베스 존슨, 캐서린 K. 윌킨슨 엮음, 김현우 외 옮김, 나름북스, 2022. 자본-여성-기후 연구 세미나에서 이 책을 함께 읽으며 기후위기 앞에 선 존재들의 슬픔과 용기에 대해 이야기 나눌 수 있었다. 다음의 문장을 읽으며 전율하기도 했다. "파괴와 채굴은 이미 충분하다 / 조용히 보수하고 유지하는 일은 얼마나 아름다운가 / 낡은 곳을 수리하고 / 찢어진 곳을 꿰매는"

우리,

함께, 오래, 잘,

살아요

_____

이충열

나에게는 단 하나의 꿈이 있다. 아흔일곱 살에도 작업을 하는 것이다. 그러니까 나는, 적어도 아흔일곱 살까지 살아 있어야 한다. 하지만 요즘 같아서는 여든을 넘길 수 있을까 걱정이다. 아니, 여든이든 일흔이든 이 몸으로 살아갈 것을 생각하면, 이십 대 때 사십 대의 삶을 상상할 수 없었듯이 막막하다. 스물일곱 살에 미술을 전공하기 시작해서 '70년은 작업을 해야 뭔가를 좀 알 수 있지 않을까?' 하는 생각으로 만들어진 이 꿈을 이루려면, 사십 대의 나는 건강을 최우선으로 삼아야 한다. 하지만 현재의 나는 반년이 넘도록 매주 도수 치료를 받아야 하는 환자다. 몸을 혹사한 결과로 오십도 안 돼 오십견을 얻었다. 요즘의 목표는 매일 여섯 시간을 잘 시간으로 확보하는 것이다(하지만 어렵다).

나는 왜 이렇게 무리를 하며 살고 있을까? 마라톤 선수도 아니면서, 마라톤 대회에서 결승선을 통과하며 힘이 남아 있으면 자책하던 나의 '최선'에 대한 강박은 어디에서 시작된 걸까?

생존을 위한 몸부림과 '부자-놀이'

스물한 살 때 아빠가 돌아가셨다. 전단지 나눔, 화장품 상담, 쇼핑몰 의류 매장 야간 판매, 콜센터 야간 인바운딩 등 닥치는 대로 아르바이트를 하며 학비와 용돈을 벌었다. 자본주의가 기대하는 '근로자'로서 바람직한 태도를 연습했다. 정해 준 것보다 더 일하고, 고용주의 이익이 곧 내 이익인 것처럼 일하고, 내 가치와 실력을 '증명'하기 위해 노력하는 것이 기본값이 되었다. 운 좋게 진입한 과외 시장에서 '몸값'이 올랐다. 두 개를 하면 대학 청소노동자였던 엄마의 월급보다 더 벌 수 있었다. 주 6일을 매일 새벽같이 나가서 종일토록 수많은 학생들을 위해 하는 일의 가치가 딱 두 명을 위해 영어나 수학 몇 시간을 가르치는 것보다 못하다니, 이상한 세상이었다.

그래도 '굶어 죽지는 않겠다!'는 자신감이 생겼고, 경제적인 이유와 미술에 대한 오해로 포기했던 '미술 작가'가 되기로 했다. 학비가 싸고 현대미술을 가르쳐 준다는 학교에 입학했다. 대한민국의 여느 청소년들처럼 자기 탐구와 전공 탐색의 기회를 갖지 못하다가, 경제적 독립 후 이십 대 중반이 되어서야 하고 싶은 공부를 찾아서 할 수 있게 된 것이다. 외부의 기준을 따라 봤자 소용없고, 결국 삶의 방향을 고민하고 나만의 방법을 찾는 것이 중요하다는 것도 깨달았다. 누군가의 인정을 바라기보다 스스로 기준을 만들고 충족시키는 것은 매우 즐거웠다.

운 좋게도 나의 '학벌'은 사교육 시장에서 인정받았다. 싫은 일을 억지로 하거나 스스로 부끄럽게 여길 일은 하지 않아도 됐다. 문화예술을 '산업'으로 여기는 정부가 예술가를 길들이기 위해 만든 지원사업에 동의할 수 없어서, 지원서를 쓰는 대신 열심히 일하고 유행과 상관없이 작업했다. 반려견 애키, 라라, 둥둥이, 깜찌찌의 노후를 생각하며, 평생 돈을 모아도 살(소유할) 수 없을 마당 있는 집을 월세로 빌려 사는(누리는) '부쟈ㅡ놀이'✚도 시작했다. 반려인과 함께 여섯 식구가 같이 햇볕을 쬐고, 화분에 갖가지 농사를 지어 나누고, 사람들을 초대하여 함께 공간을 누리며 전시도 열고 파티도 했다.

'정신이 육체를 지배한다!'는 건 착각

레슨실을 운영하면서 프로젝트 몇 개와 스터디, 세미나까지 참여하던 어느 날, 목을 칼로 찌르는 듯한 고통이 느껴졌다. 상상만 했던 일들을 직접 할 수 있다는 것에 신이 나서 초인적인 에너지를 발휘하던 때였다. 상체를 아예 움직일 수가 없어서 침대에서 간신히 굴러 내려와 도움을 받아 몸을 일으키면서, 아무

✚ '부잣집'에 살아 보면서, 내가 누리고 싶은 것은 이러한 환경이지 재산 증식 수단으로서의 집이 아니라는 것을 확인했다. 그리고 '재산을 많이 소유한 사람'인 '부자'가 되려면 결국 다른 이를 착취해야 하는 자본주의 체제에 대한 문제의식으로, '많은 것을 나눌 수 있는 사람'으로서 '부쟈'를 시도하고 실험하게 되었다.

리 즐거워도 이러다 죽으면 무슨 소용일까 싶었다. 지쳐 뻗는 것 말고 '쉬기'가 필요했다. 하지만 큰 규모의 집 살림을 하면서 쉴 시간을 만들기는 어려웠다. 나만의 공간에서 나를 위해 시간을 운영하는 경험을 하고 싶어졌다. 미안하지만, 반려인에게 독립을 선언했다.

덩치가 작은 둥둥이, 깜찌찌를 데리고 커다란 집에서 나왔다. 내가 감당할 만한 크기의 집에서 아침저녁 반려견 배변 산책을 하고, 하고팠던 이것저것을 느리게 하며 지내니 행복했다. 하지만 2014년 4월 16일. 좋아하는 사람들을 만나서 멋진 공연을 함께 보고 벅찬 마음으로 귀가해서 기분 좋게 반려견과 산책하고 잠자리에 들려는데, 친구에게서 메시지를 받았다. "어떻게 세상에 이럴 수가 있니. 아이들 어떡해…" 바로 포털을 열었다. 나에게 즐거웠던 시간 동안 고통 속에 스러져 간 수많은 생명을 생각하니 너무 미안해서 어떻게 해야 할지 멍했다. 매일 악몽에 시달렸다. 내가 세월호에 갇혀 있었다.

어른들의 말을 믿고 따랐던 청소년들이 희생되었다. 하지만 책임지는 어른이 없었다. '말 잘 들으라'는 식민지 교육과 무책임한 제도에 분노하며 학생들을 교육제도 속으로 밀어넣는 입시 레슨을 그만두기로 했다. 다시 가난에 익숙해져야 했다. 틈만 나면 광장으로 뛰쳐나가 집회에 참여하고, 피켓을 들고, 서명을 받고, 노란 리본을 만들었다. 나에게는 적당히가 없었다.

몸을 돌보며 여유롭게 지낸 두어 달보다 자본주의 체제에 적응한 기간이 훨씬 길었다. 모든 체력을 끌어다가 움직이다 보니 비염이 심각해졌다.

숨을 못 쉬어 잠을 잘 수 없는 상태가 몇 주씩 이어졌고 몇 달을 멍한 상태로 이비인후과, 내과, 한의원을 전전했지만, 결론은 무조건 쉬어서 면역력을 키워야 하는 것이었다. 이런 내 몸이 원망스러웠지만, 요일을 정해서 하루만 세월호 활동을 하는 것으로 움직임을 제한했다. 세상을 구하려 하기 전에 나부터 구해야 했다. 대신, 시민교육을 하며 공적인 이익과 사적인 이익을 통합시켜 나갔다. 노령견들의 삶을 생각하며 다시 반려인과 마당이 있는 주택을 빌려서 해먹에 누워 멍때리고, 화분 농사를 지으며 감탄하고, 사람들을 초대해 공간을 공유하며 자본주의에 적응했던 힘으로 자본주의적 규범에 저항하는 '부쟈-놀이'를 계속하기로 했다.

가족을 사랑한 게 죄는 아니잖아

코로나19와 함께 나이 많은 반려견들이 동시에 아프기 시작했다. 2020년 한 해 동안 병원비가 이천만 원 넘게 나왔다. 인간 동물도 '시민권'이 있어야 복지 수혜가 가능한 우리 사회에서

'비인간 동물의 건강권'은 상상할 수 없는 실정이라, 동물 가족과 함께 사는 반려인들은 시장에서 '황금알을 낳는 거위'나 다름없었다. "반려동물은 마음으로 낳아 지갑으로 키운다"는 말을 체감하며 닥치는 대로 일하고 열심히 돌보았지만, 결국 가장 작고 약했던 둥둥이를 멍뭉별로 보내야 했다. 2021년에는 여기저기 아파도 잘 버티던 라라가 무지개다리를 건넜다.

동물병원비를 결제했던 카드 '빚'을 갚기가 우선순위가 되었다. 너무 힘들어서 움직일 수 없는 상태가 되어서야 하루쯤 누워 쉬며 위기를 넘기던 2022년 하반기에는 몇 주 연속으로 하루 평균 다섯 시간도 못 자곤 했다. 18년째 함께 살고 있던 반려견 애키가 혈액암에 걸려서 돌봄을 위한 시간도 많이 필요했다. 작가로서의 활동을 포기하면 반려견들을 원망하게 될까 봐, 열심히 전시에 참여하고 전시 기획도 했다. 피곤해서 머리가 아프거나 어지러워 기절하듯 쓰러져 잠들다 깨면 '이러다 과로사해도 이상하지 않겠다' 싶은 생각이 들었지만, 멈출 수가 없었다. 책임도 꿈도 놓을 수가 없었다.

애키가 언제 떠날지 알 수 없는 상태가 되었다. 무지개다리 건널 때 배웅하려고 한숨도 안 자고 버티며 간호하기를 나흘째, 웅크려 힘겹게 숨 쉬던 애키가 크게 기지개를 켜고는 멍뭉별로 돌아갔다. 애키가 준 휴가로 장례식 후 딱 하루를 쉬었다. 그리고는 매일같이 새벽 6시에 서울 성북에서 인천으로 수업을 다니고 틈틈이 공주, 창원, 제주까지 출장 다니며 아픈 몸을 외면하던 12월 어느 날, 왼팔을 아예 못 쓰게 되었고 의자에 앉으면 온몸을 몽둥이로 두들겨 맞은 듯이 아픈 몸이 되어서야 병원에 기어갔다.

아픈 몸 외면하기를 멈추기

도수 치료는 정말 어마어마했다. 너무 아파, 기가 막혀, 숨 쉬는 것을 잊어버려서 머리가 띵 하고 어지러워지곤 했다. 몸이 정말 잘못될 것 같아, 낯설고 아픈 감각에 집중하기보다 호흡을 유지하는 것에 집중하기로 했다. 그제서야 통증에 대한 거부감과 두려움이 치료를 위한 자연스러운 과정으로 받아들여졌다. 여전히 아프지만, 이제는 통증의 정도와 성격을 통해 내 몸의 상태를 이해하고 있다. 치료사는 이렇게 깊은 곳까지 꽁꽁 뭉친 몸은 정말 드물다고 했다. 몇십 년을 긴장하고 빨리빨리 움직여 온 탓에, 조금만 무리를 해도 오랜 시간 풀어 놓은 근육이 다시 뭉치고 괜찮아졌던 곳이 다시 아프다. 몸이 끊임없이 보내는 경고를 더 이상 무시할 수가 없다.

물론 아픈 몸으로 살아가는 이들만이 가질 수 있는 통찰이 있고, 그것이 우리 사회의 폭력성과 무지함을 일깨워 줄 수 있다는 것을 안다. 나 역시 아파서 움직일 수 없을 때, 이전에는 보지 못했던 것을 보고 더 많은 발견을 할 수 있었다. 하지만 돌보면 회복될 수 있는 몸을 방치하는 것은 무책임한 일이기도 하다. 그래서 몸의 이야기를 듣는 것을 중심에 놓고 사는 것을 연습하기로 한다. 어쩔 수 없다고 포기하는 것보다 할 수 있는 것을 찾아서 하는 것이 더 행복하기 때문이다. 몸을 움직이지 않으며 살 수는 없지만, 아무것도 않고 누워 근육을 이완하는 시간을 가지거나 피로를 느끼면 일정을 포기하는 것으로 '자기 착취'를 멈추려 한다.

사회구조의 모순과 불평등한 현실을 점점 더 알아 가게 되면 신체장애가 없거나 가정 폭력 등을 경험하지 않은 것만으로도 나의 출발선이 얼마나 많이 앞으로 당겨졌는지 알게 된다. 몸을 마음대로 움직이지 못했던 시간들을 떠올리면서 나처럼 '원더우먼'이 될 수 없는 조건의 사람들을 생각한다. 다른 몸으로 사는 이들과 연대감을 놓지 않기 위해 무엇을 할 수 있을지 골몰하다가 '자본-여성-기후 연구 세미나'에 참여했다. 『자본론』을 함께 읽으며 이상적인 노동자로 길들여진 내가, 스스로 뿌듯해 하며 '자본주의 홍보 대사'로 살고 있었을지도 모른다는 걸 깨달았다.

"이것 봐. 이충열처럼 노동자계급 여성으로 태어나도 죽어라 노력하면 자신이 꿈꾸는 대로 살 수 있잖아!"

아아, 아니야. 뭔가 크게 잘못됐다. 나는 어린 시절부터 '비판적인 어린이'로 자랐는데, 말과 행동이 다른 어른들의 모습을 보며 '저렇게 살지 말아야지' 결심했는데, 내가 뱉은 말을 책임지기 위해 얼마나 노력했는데, 다른 이에게 폐 끼치지 않고 내 몫을 하기 위해 얼마나 애썼는데, 내 삶을 누구도 좌지우지하지 못하도록 독립적으로 살기 위해 얼마나 열심히 움직였는데, 내가 얼마나 노력했는데, 나는 부지런히 움직였을 뿐인데….

노력을 멈추고 질문을 시작해 보자

그런데, 이렇게 몸을 망가뜨리면서까지 움직여야 자신이 원하는 삶을 살 수 있는 사회가 바람직한 걸까? 나처럼 운 좋은 경우가 아니라면, 아무리 노력해도 원하는 일을 하기 어려운 사회가 과연 공평한 사회일까? 스물한 살밖에 안 되었던 후기청소년 이충열이 스스로 생계를 책임지고 학비를 벌어야 했던 사회는 안전한 사회일까? 자신이 하는 유지관리 노동이 평가절하되어 막내 딸내미보다 적게 벌었던 우리 엄마가 평생 미안한 마음을 가지며 사는 것이 합당한 일일까? 싸움 잘하는 유럽 국가에서 만든 '지식'을 잘 암기해서 '정답'을 많이 맞추거나, 다른 사람을 거리낌 없이 착취하는 이들이 권력을 가지는 사회가 민주적이고 공정한 것 맞나?

　사람을 '노동력'으로 보는 것은 자연스러운 일일까? 자연을 훼손하고 비인간 동물들을 지배하며 사람들을 착취하는 기술을 발달시키는 문화가 생명을 존중하는 문화를 지배하는 것이 올바른 일일까? 지구 생태계를 파괴하며 자본과 기술을 독점한 나라들이 비용도 치르지 않으면서 기후위기를 핑계로 가난한 나라의 개발을 막는 규칙을 일방적으로 만드는 것이 정의로운 일일까? 북반구 부자 나라 사람들의 편익을 위해 지구 온도가 올라가 기후 난민이 생겨도 부자 나라에서 생색내며 받아 주기만 하면 괜찮은 걸까? 그마저 난민도 받지 않는 대한민국은 대체 뭘까?

　인구의 25퍼센트가 반려동물의 가족인 국가에 사는 내가 동물 가족을 돌보기 위해 이렇게까지 큰 희생을 하는 것은 당연한 일일까? 사랑하는 존재를 지키고 싶은 마음은 개인의 '선택'이니까 개인이 알아서 '책임'지는 것이 마땅한 걸까? 반려동물을 물건처럼 광고해서 '소비'하게 만드는 미디어와 '경제 효과'만 생각하며 반려동물과 관련된 '산업'을 육성한 국가는 아무 책임도 없는 게 맞을까? 인간 동물이 '만물의 영장'이니까 비인간 동물을 돈벌이 수단으로 삼고 마구잡이로 착취해도 되는 걸까? 이 산과 들과 바다는 인간이 마구 부수고 뚫고 필요한 것들을 쏙쏙 빼 가도 되는 존재일까? 인간 동물에게 정말 그럴 권리가 있는 걸까? 어쩌다 인간은 이렇게 다른 생명을 짓밟고 지구를 망가뜨리는 존재가 되었을까?

맹목적인 노력이, '독립'에 대한 신화가 나를 스스로 착취하는 사람으로 만들었다. 나는 몸에서 머리를 분리해 내곤 의지로 모든 것을 '극복'할 수 있다는 환상에 세뇌된 것이었다. 나뿐 아니라 우리 모두가 촘촘하게 짜여진 가부장제 자본주의 체제 속에서 내 안과 밖을 외면하고 무시하며 마구잡이로 착취하도록 학습된 것은 아닐까.

자율적인 삶을 만들기 위한 생활기록노트

인간 동물로 태어나 여성으로 분류되었지만 가부장제 자본주의의 여러 특혜를 경험한 나의 삶을 되돌아보게 된다. 이제는 스물한 살 깜찌찌만 남아, 이전처럼 병원비가 많이 나가지는 않아, 일하는 데에 너무 많은 에너지를 들이지 않기로 결심한다. 여태까지 일을 효율적으로 하기 위해 써 온 '생활기록노트'도 이제는 조금 다르게 이용한다.

처음에 생활기록노트는 학생들의 '시간 관리'를 위해 고안한 것이었다. 펼쳐서 보이는 노트의 두 면을 일주일 단위로 삼아, 세로로 선을 그어서 총 여덟 개의 칸을 만든다. 일곱 칸에는 각각 월요일부터 일요일까지 쓰고, 마지막 여덟 번째 칸에는 그 주에 할 일의 목록을 적는다. 그리고는 생각이 날 때마다 시간을 어떻게 사용했는지 최대한 구체적으로 기록한 후, 공부에 쓴 시간을 체크해 보게 했다. 열심히 했는데 결과가 좋지 못하다며 좌절하는 경우가 많아서, 실제로 공부하는 데 사용한 시간을 객관적으로 기록해 보고 공부 시간이 부족한 것이었다면 결과에 좌절할 필요가 없다는 것을 알려 주고 싶었다. 당연히 효과는 만점이었다.

과외 경험은 나에게 가정 폭력의 심각성을 알려 주었다. 양육자들은 자녀를 위한다면서 자녀의 이야기는 제대로 듣지 않았고, 많은 청소년들이 정서적 학대 속에 놓여 있었다. 존중받아 본 적이 없으니 자존감이 낮고 자신을 믿지 못하고 상황을 객관적으로 볼 수 있는 힘도 부족했다. 쉽게 좌절하고 포기하며 자책하게 되는 것은 자연스러운 일이었다. 그래서 나는 생활기록노트를 통해 자신의 생활을 객관적으로 바라보고, 자기 시간에 대한 주도권을 가질 수 있게 돕고 싶었다. 타인이 침해하지 못하도록 자신에 대해 자신이 가장 잘 알고, 정해진 일정을 따르기보다 스스로 시간을 관리하고 운용할 수 있게 돕고 싶었다. 내 삶의 주도권을 내가 갖는 것이 청소년 시절 나에게 가장 중요한 화두였기 때문이다.

생활기록노트, 보랏빛으로 물들이기

현재 나의 생활기록노트는 시간을 다섯 가지로 분류해서 색칠을 한 후, 내가 어떻게 시간을 사용했는지 한눈에 볼 수 있게 하는 것이 특징이다. 분류 기준은 다음과 같다.

자주색	내가 '여성주의 현대미술가'✚로서 작업하거나, 전시를 기획하거나, 설치하거나, 페미니스트로서 연대 활동을 하는 시간
초록색	책을 읽거나, 수업을 듣거나, 세미나에 참여하거나, 전시를 보거나, 좋은 문화적 경험을 하는 등 '인풋'을 하는 시간
파란색	강의, 워크숍, 전시기획, 자문회의 등을 하거나, 그것들을 준비하거나, 그것들을 위해 이동하는 등 임금노동을 위해 사용하는 시간
보라색	운동을 하거나, 병원에 가거나, 반려견과 해먹에 누워서 바람에 흔들리는 나뭇잎을 보며 쉬는 등 몸과 마음을 돌보는 시간
노란색	피켓팅을 하거나, 집회에 참여하거나, 투쟁 현장에 식사를 대접하는 일을 돕는 등 '시민'으로서 행동하는 시간
비워 두기	자거나, 먹거나, 씻거나, 반려견을 돌보거나, 가사 노동을 하거나, 화분에 물을 주거나, 좋아하는 사람들과 만나서 노는 시간 등 삶에서 가장 필수적인 시간

✚ 무엇을 그리거나 만드는 등 결과물 중심의 '미술'을 넘어서고, 과거 소수의 권력자들을 위해 존재했던 '예술'을 다수의 일상으로 연결시키겠다는 의지와 지향점을 담아 2018년 7월 '여성주의 현대미술가 선언'이라는 렉처 퍼포먼스를 했다. 이후 스스로 '여성주의 현대미술가'로서 명명하며, 창작 활동 외에도 기획과 교육 등 페미니스트 동료/관객/시민 만들기를 위해 움직이고 있다.

매주마다 색칠을 하지는 못해도, 뭔가 계획대로 안 되거나 불만족이 느껴지거나 몸이 힘들면 색칠을 한 후에 보면서 문제점을 찾아낸다. 그러니까 나의 생활기록노트는 나를 착취하기 위해서가 아니라, 나의 가치관과 현실 사이의 균형을 맞추면서 내 시간에 대한 주도권을 잃지 않고 나를 돌보기 위해 하는 것이다.

하지만 반려동물 병원비 압박으로 균형이 깨졌고, 그래서 우울하고 아팠다. 내가 나를 착취하는 상태를 방치하고 싶지 않아서 최근에는 보라색, 그러니까 건강과 휴식을 위한 시간을 늘리려고 한다. 한두 달 전부터는 매일 한 시간 가까이 스트레칭도 한다. 색칠을 안 하고 비운 공간이 넓어져도 이제는 불안해하지 않게 되었다. '자본-여성-기후 연구 세미나'의 경우 자주색과 초록색 빗금이 격자를 이루는 등 사실 많은 영역은 두어 가지 색의 빗금이 교차되어 채워지는데, 이렇게 교차선이 많아지는 것을 보는 것도 즐겁다.

한때는 뭐든 열심히 하려는 '내가 잘못된 것일까' 고민하기도 했다. 하지만 무엇을 위해 열심을 내는가 그 방향이 중요한 것이지 열심 자체가 잘못은 아니다. 자신의 선택이 사회에 어떤 영향을 미칠지 생각할 여유도 없이 맹목적으로 열심을 내거나 스스로 하는 열심을 다른 이들에게 기대하면 불행할 테지만, 소중한 것이 있어서 그것을 위해 자신의 에너지를 맘껏 사용할 수 있는 것은 행복한 일이다. 주변과 무조건 맞추기 위해 나를 부정하거나 단순히 기존의 모든 것과 반대되는 선택을 하는 시행착오는 이미 수없이 해 보았다. 이제는 내가 가진 장점들을 내가 꿈꾸는 세상을 만드는 데 더 적극적으로 사용할 것이다. 아직 남아 있는 이 세계의 축복을 충분히 느끼고, 누리고, 나누고, 구할 수 있는 이들을 구하는 데에 사용할 것이다.

자신을 믿고 규범을 의심하기

중심을 찾는 것이 어려워서 가까운 이들의 인정에 의지하며 어리고 여린 마음이 엉키다가 아파서 나빠지고 약해서 악해지는 것을 수없이 목격했다. 마음에 상처를 입고, 주고, 몸으로 옮겨 오기를 반복한 후에 깨달은 것은, 다른 이를 돌볼 수 있으려면 자신을 돌볼 수 있어야 한다는 것이었다. 사람들 속에서 보내는 시간을 식물과 반려동물을 돌보는 것으로 조금씩 나누면서 지구에 사는 다양한 자연 종이 서로 교류하고 돌보는 것이 필요하다는 것을 느낄 수 있게 되었다. 인간의 논리적인 언어로 전할 수 없는 위로와 공감을 자연이 준다는 것도 알게 된다.

전에 살던 집 마당에는 백 살이 넘은 나무가 세 그루 있었다. 나무가 만들어 준 그늘에 누워서 시시각각 바뀌는 구름의 모양을 관찰하다 바람에 흔들리는 나뭇잎들이 만드는 음악을 듣게 되는 순간, 비현실적으로 행복했다. 어느 날은 나도 모르게 나무를 끌어안고 한참 있는데, 이미 충분한 도로를 또 만들겠다며 몇백 년 된 숲을 밀어 버린다는 뉴스가 떠올라, 백 년도 못 사는 인간이 백 살 넘은 나무를 고민 없이 쓰러뜨리는 세상에 살고 있다는 것이 부끄러웠다. 마당에서 큰 돌을 만나면 파내지 않고 그 옆에 모종을 심으면서는, 몇만 년 된 구럼비를 폭파하려는 사람들과 그들을 막으려 온몸을 던지던 사람들이 떠올랐다. 자본주의사회에서 불필요하다고 여겨지는 활동은 자본주의가 숨기고 있는 소중한 것들을 보여 준다.

모두가 각자 꿈꾸는 세상이 지금 이대로의 모습이 맞는지 검토하면 좋겠다. 파란색이 가득했던 인류의 생활기록노트를 보라색으로 채우고 빈칸을 늘리면 좋겠다. 삶을 유지하기 위해 먹고 자고 쉬고 돌보아야 하듯이, 사라진 숲과 오염된 바다를 회복하기 위해 자본주의적 착취 체제를 멈추고 지구를 살리기 위해 움직이면 좋겠다. 좌절하고 우울에 빠지기보다, 아직 남아 있는 즐거운 것들로 에너지를 충전하며 소수가 독점한 권력을 비판하고, 그 권력을 유지하기 위한 제도에 불복종하고, 무엇보다 그들이 만들어 놓은 기준과 가치 체제에 반기를 들면 좋겠다.

자본주의에 적응하느라 체득한 '효율성'을 이용하여 쉬고 누리고 돌보는 시간을 내가 확보해 나가듯이, 착취에 사용했던 기술과 소비를 부추기는 데 사용했던 미디어를 반대 방향으로 이용하여, 손상된 지구의 건강을 회복시키는 데에 사용하면 어떨까? 즉각적으로 변화하지 않는다고 좌절하거나, 자본주의가 주입한 욕망에 대한 성찰 없이 '노오력'해도 안된다고 분노하기를 멈추면 어떨까? '이생망'을 외치며 좌절하고 인류 절멸을 기다리기보다, 어떻게 해야 무너져 가는 균형을 회복할 수 있을지 연구하면 어떨까? 함께 견디고 서로 바라보며 희망을 만드는 방법을 공유하면 어떨까?

어떤 이가 기존의 사회적 신화가 정해 준 지위를 거부하기 위해서 일관된 자기 정의(self-definition)를 갖지는 않을지도 모른다. 그리고 그러한 자기 정의가 반대 의견을 내는 데 필수적인 것은 아니다. 불신함으로써 그는 미리 정해진 행동 규범을 의심하게 될 것이고, 규범에서 어느 정도 벗어나는 행동을 시작하면서 사건들을 다루거나 이해하는 데 옳은 방법이 단 하나만 있는 것이 아니라는 사실이 명확해진다. (엘리자베스 제인웨이, 『약한 자의 권력』, 벨 훅스, 『페미니즘 : 주변에서 중심으로』에서 재인용)

완벽한 채식을 할 수 없어도, 기후위기 활동에 투신할 수 없어도, 모든 전기코드를 다 뽑아 둘 수 없어도, 자본에 대한 욕망과 물신주의에서 완전히 벗어날 수 없어도, 인간 중심 가부장제 자본주의가 주입한 가치와 기준들에 대해 불신할 수는 있다. 체제 변화를 위해 아무것도 할 수 없다고 느껴질지라도, 이 끔찍한 세상을 살아 내고 있는 자신을 기특하게 여길 수 있다. 자신을 향했던 의심의 화살을 자본주의라는 지배 이데올로기를 향해 겨눠야 한다. 불신하고 의심하는 것을 시작으로, 자기 착취를 멈추고, 몸이 하는 이야기를 듣고, 자신의 감각을 믿는다면, 우리와 연결된 이 세계가 얼마나 아픈 상태인지 충분히 느낄 수 있을 것이다. 멈춰서 자신을 들여다보는 시간을 가져야 한다. 우리에게는 모두 멍타임✛이 필요하다.

멈추고, 내 안과 밖의 이야기에 귀 기울이기

나는 사는 것이 좋다. 살아 있다는 감각이 좋다. 바람을 느끼고 햇볕을 느끼며 멈춰 있는 시간이 너무 행복하다. 내가 주는 물을 마시며 햇볕을 받아 쑥쑥 자라나는 화분의 식물을 보면 놀랍고, 스물두 살 깜찌찌가 여전히 식욕을 유지하고 건강한 응가를 해 주는 것이 대견하고, 옆집 고양이가 담을 넘어와 건네는 인사가 반갑고, 동네에 함께 사는 반려견들과 일일이 눈 마주치며 건강하라 축복할 수 있는 것이 기쁘고, 성북천에 사는 오리들이 무사한지 살피는 시간이 너무 소중하다.

살아 있다는 느낌을 매 순간 느끼면서 아흔일곱 살까지 예술가로 살고 싶다. 이 느낌을 여러분도 알 수 있으면 좋겠다. 내가 느끼는 삶의 충만한 감각을 여러분과 함께 느끼고 싶다.

우리, 함께, 오래, 잘, 살아요!

✦ "딱 한 시간 불멍타임, 저와 함께해 주세요"라는 요청으로 관객들을 집에 초대하여 함께 불 앞에 앉아 폰을 보거나 말을 하거나 이동하지 않는 상태로 가만히 있는 시간을 공유하는 작업을 2022년 4월부터 2023년 5월까지 11회에 걸쳐 진행했다. 멍타임 참여자들은 서로 만나 본 적이 없어도 한 시간 멍때리며 앉아 있다가 같이 밥 먹고 이야기를 하게 된다. 멈추고, 목적 없이 만나고, 평등하고 느슨한 관계를 맺고, 서로의 안부를 물을 수 있는 것이 자본주의를 거스르는 대안적 예술이 될 수 있다고 생각한다.

돌봄 수업*

보란

#1

우리에게 과연 여름방학이 올까
기말고사가 끝난 다음 날 아침
우리 잠깐 거울 산책을 해 볼래?

수업 시간에 선생님 몰래 학교 밖 공원에 나가 보자
다른 반 친구들은 교실에서 자신의 꿈을 한창 쌓아
가는 중인데
우리는 색다르게 무엇을 하며 놀아 볼까?

그래, 오늘은 네가 날 인도해 줬으면 해
그리고 나를 카메라처럼 대해 준다면 특별한 순간
이 올지도 몰라

너의 시선 위에 나의 시선이 포개지기 위해서는

나는 미리 눈을 감고 있어야만 해

그리고 네가 신호를 줄 때까지 기다릴게

나는 너와 함께 걸으며

네가 잡은 내 손이 조용히 떨리고 있는 걸 느껴

한껏 촉촉해진 내 손바닥 아래에서,

차분하고 보송한 네 손등을 쥐고 있으니

나에 대해 더 잘 알 수 있을 것 같아

눈앞은 온통 내 추측이 거친 윤곽선을 그리고 있어

발걸음 앞에는 돌들이 검은 구멍과 같은 미래로 놓

여 있고

알 수 없는 풀 냄새가 자꾸 나를 멈추게 해

어디선가 나무와 나무가 서로 만나 부딪히는 소리

가 들려와

✦ 2023년 7월 6일부터 11일까지 기획·진행한 '기후위기와 기후시민'이라는 수업의 마음 열기 워크숍에서 학생들이 나눠 준 마음과 생각들을 모으고 각색하여 시로 쓴 것이다. #1의 '거울 산책'과 #2의 '눈물 그릇' 활동은 조애나 메이시, 몰리 영 브라운 의 『생명으로 돌아가기』(이은주 옮김, 모과나무, 2020)에 소개된 활동(200쪽, 247쪽)이다.

하늘 위에는 검정 구름이 떠다니고
나는 그 위에 편안하게 누워서 농구공을 힘껏 던지
는 상상을 해

머리 위로 햇빛이 강렬하게 비추고 있을 때
너는 나를 그늘로 인도해 주었고

어느덧 어린아이의 웃음소리가 들려오고
친구들의 목소리가 점점 작아지는데
대체 네 발걸음은 어디로 향하는 것인지 알 수가
없어
내 머리가 한없이 작게 느껴지고 불안해
나는 너의 팔을 감싸 안고 걸었어

너를 믿어야만 한다
언젠가는 네가 나를 눈뜨게 해 줄 테니까

너는 이렇게나 초조해 하는 나를 느끼고 있을까?
'아직도 더 가야만 하니?'라고 바보처럼 묻는다
'조금만 기다려 봐' 너는 말하며 피식, 웃었다

'이제 거울을 보세요'

눈 사이로 환한 빛이 들어왔을 때 마음이 평온해져
또 오래 눈을 감고 있으면 스르르 잠이 몰려와
네가 보여준 우리의 거울은
벌써 뜨거워지다 못해 얼른 편의점으로 도망쳐 버
리고 싶었던
여름날이었지
눈을 뜨고 보니 처음에는 온통 초록빛이 가득했어

그동안 우리에게는 은은한 빛을 볼 시간조차
좀처럼 허락되지 않았다는 걸
서로에게 그늘을 양보하며 강렬한 태양을 피할 마
음이 드는 것조차
부담스럽게 느끼면서 지냈구나
이제, 알겠어

한적한 놀이터, 햇빛에 한껏 달궈진 미끄럼틀에
친구와 둘이 앉아서 도란도란 이야기를 나누다가도
외롭게 각자를 기다리는 책상과 칠판,

쾌적한 에어컨이 있는 학교로 되돌아올 수밖에

우리도 다른 친구들처럼 책 위에서 각자의 꿈만 바라봐야 하는데
우리 언젠가는, 인류의 이기심을 반성하며
이 작고 푸른 별을 지킬 수 있을까?

우리는 책상에 앉아 서로 마주 보고
머리를 힘껏 맞대고
기억하고 싶은 것들을 작은 엽서에 그렸어

한 해의 풍년 소식을 미리 알려 주는, 풍성한 이팝나무
공기를 흡수해 땅을 풍족하게 하는, 세균과 공생하는 토끼풀
고개를 숙이고 있지만 바람에 살랑이는, 꿋꿋한 강아지풀
이들 사이에 숨어서 곧 거름이 될, 개똥 조각

'고마워, 나를 비춰 줬던 거울들 덕분에 잠시나마

우리는 위로를 받아.'

나는 다시 친구들과 함께 왁자지껄 웃으며
기말고사 성적표 걱정과
누군가가 정해 준 꿈을 잠시 내려놓았어.
학교 안에서도 각자의 슬픔을 털어놓으며, 또한 이
곳을 걱정하며
우리가 서로 팔짱을 끼고 산책할 수 있길 원해
하염없이, 이제는, 그러길 원해

#2

오늘은 월요일.
눈물 그릇과 바다 소금,
노란 꽃을 들고 있는 그루트 화분과
너에게 줄 레몬 사탕도 준비했어✢

✢ 동화책 『어린 노동자와 희귀 금속 탄탈』(앙드레 마르와 글, 쥘리엥 카스타니에 그림, 김현아 옮김, 한울림, 2020)을 읽고 감상 나누기 수업을 하기 전에 진행한 마음 열기 워크숍 시간이었다.

이것은 핸드폰을 만드는 어린 노동자와
파헤쳐지고 무너져 내리는 어머니 땅의
고통을 존중하기 위한, 듣기 연습

이것은 우리가 **빼앗긴** 과학 발전의 그림자,
교과서에서 볼 수 없는 이야기를 종이에 새기고
교실에 모여 앉아 불완전한 공동체를 만들어 볼까?
결국 실패로 돌아가더라도 말이야

오래전 바다에는 돌들이 비를 맞고 녹아 버렸어
아무도 살 수 없었던 곳이었는데
바다에 쉴 새 없이 번개가 치면서 우연히 입자들이
모였지

우리의 눈물을 만드는 의식을 시작해
사기그릇에 담겨 있는 물에 소금을 한 스푼 녹이고
손으로 눈물을 떠내어 손가락 사이로 흘려보낼 준
비를 해

'내 눈물은 _____ 을 위한 것입니다'

우리는 빈칸을 점점 열었고 어렵게 말을 꺼냈어

내 눈물은 나를 위한 것
내 눈물은 동생을 위한 것
내 눈물은 여러분들을 위한 것
내 눈물은 미래를 위한 것

내 눈물은 바닥에 떨어져 깨진 핸드폰을 위한 것

내 눈물은 할아버지의 약 봉투를 위한 것
내 눈물은 병에 걸려 죽은 사람들을 위한 것
내 눈물은 강원도에 있는 할아버지의 집을 위한 것

내 눈물은 전쟁으로 돌아가신 분들을 위한 것
내 눈물은 이웃을 위한 것

내 눈물은 사라져 가는 숲을 위한 것
내 눈물은 녹고 있는 빙하를 위한 것
내 눈물은 죽어 가는 모든 것을 위한 것

내 눈물은 기후변화로 인해 고통받는 존재들을 위
한 것
내 눈물은 진실을 위한 것
내 눈물은 삶을 위한 것

내 눈물은 우리 모두를 위한 것.

탄탈로스는 신들의 호의와 사랑을 받았지만
그들의 능력을 시험해 보려고 아들 펠롭스를 죽여서
요리한 다음 식탁에 내놓았지
손을 아무리 뻗어도 닿지 않는 나무 열매와
땅에서 말라 버린 우물을 바라보면서
그 누구의 슬픔에 공감하는 것이 두려웠을지도 몰라

우리가 더는 고통을 숨기지 않고
머리가 아닌 가슴으로 느끼고
서로에게 슬픔을 나누며
한계를 공유하는 법을
조금씩 깨우쳐 갈 수 있다면

자 이제, 교실 밖으로 나가자
내 슬픔의 형태와 비슷한 나뭇잎과 열매,
돌멩이, 나뭇가지, 시든 꽃을 가져와
그들의 슬픔이 종이에 그리는 그림을
손으로 조용히 흘려보내 보자

지금 내가 있는 곳을
시작으로

공동체와 공존

누구도
남기고 가지 않는다

———————

이은지

지연되는 열차, 지연되는 권리

"지금 전국장애인차별철폐연대의 지하철 타기 시위로 열차운행 지연이 발생하고 있습니다. 열차 이용에 참고 바랍니다." 지하철 승강장에 울려 퍼지는 안내 방송. 역사에서는 결의에 찬 발언자가 삭발을 하고, 삭발자를 선두로 하여 몸에 피켓을 건 휠체어 이용 장애인들이 한 줄로 지하철을 탄다. 여러 승강장에 나눠서 탑승하는 것이 아니기 때문에 시간이 오래 걸리고, 그에 따라 초조해진 사람들은 점점 언성을 높이고 욕설이 오가기도 한다.

작년 출근길, 전국장애인차별철폐연대(이하 전장연)의 지하철 시위 소식은 각종 매체로 퍼져 나갔다. 시민을 볼모로 한다, 전장연 때문에 지연으로 인한 손실이 막대하다는 부정적인 기사는 혐오와 차별을 타고 멀리 퍼져 나갔다. 그러나 무엇을 위한 시위인지는 잘 보도되지 않았다. 자기네들 이익만을 위한 거라고, 이미 90퍼센트 넘는 지하철 역사에 엘리베이터가 설치되어 있는데, 기다리면 설치해 줄 것을 억지를 부린다고들 했다.

1역사 1동선의 엘리베이터 설치가 되지 않는 것은 다른 역까지 차도를 따라 위험천만한 거리를 달려야 한다는 의미이다. 당연히 보장되어야 하는 이동권이 보장되지 않은 것 자체가 문제이지만, 중요한 것은 지하철에서의 외침이 지하철 역사 시설물 설치만을 외치고 있지 않다는 것이다.

장애인권리예산을 보장하여 장애인이 시설에서 나와서 지역사회에서 함께 살 수 있게 하라는 외침. 지연되고 있는 것은 열차가 아니라 권리다.

이곳이 정말 집일까

시설은 어떤 공간이길래 그곳에서 나와서 사는 삶을 보장하라고 외치게 되었을까? 내가 처음 마주한 장애인거주시설은 고등학생 때 봉사 활동을 갔던 곳이다. 그곳엔 무력하게 누워 있는 와상 중증장애인이 있었고, 식사 시간에 봉사 동아리의 학생들은 말 한마디 없이 국에 말은 밥을 떠먹였다. 나는 눈빛, 몸짓을 언어로 생각하지 못하며 어색하게 시간을 흘려보냈고, 장애인이 안타깝다는 생각을 했다. 좋은 돌봄을 하기 위해서는 상대방이 제대로 응답할 상황이 아니어도, 앞으로 할 돌봄 행위가 무엇인지 계속 말을 건네야 한다.✛ 하지만 그때 나는 그러지 못했고, 돌이켜보면 너무 부끄러웠던 순간이다.

시간이 흘러 대학생 때 봉사 동아리에서 발달장애인 거주시설로 워크숍을 간 적이 있다. 그곳은 장애인들이 그들만의 행복한 공동체 생활을 하는 곳이라고 소개되었고, 아름다운 자연경

관과 더불어 지역사회에서 먼 곳에 있었다. 시설의 직원은 이 안에서 연애를 하면 결혼하는 분은 따로 공간을 드린다고 자랑스럽게 이야기했다. 또한 시설에서 결혼하는 당사자는 불임수술을 하고 있으며, 불임수술을 비판하는 인권 단체가 현실을 모르고 이상적인 주장을 하고 있다는 말을 덧붙였다. 장애인 부모에게 자녀의 자녀가 생긴다는 것은 더 큰 경제적 부담이 되므로 어쩔 수 없다는 직원의 말에 마음이 찜찜했지만 그때는 나의 문제의식을 명료하게 정리하지 못했다.

그 후 장애인 단체에서 활동을 시작하고 나서, 동정과 봉사의 시선을 버리고 장애인거주시설을 마주하게 되었다. 그리고 그제서야 명확하게 보이기 시작했다, 그들이 겪고 있는 통제와 억압이.

장애인 단체의 상근자가 된 후, 시설에 있는 장애인의 자립을 지원하는 활동을 하게 되었다. 그때 방문했던 A시설은 아름다운 자연 속에 있었지만 대중교통으로는 가기 어려운 곳이었다. 아주 깨끗하고 물리적인 여건이 좋은 대형 시설이었는데, 시설을 방문한 날에 어떤 직원이 봉사 활동을 온 학생들을 혼내며 이렇게 이야기하고 있었다. "집에서 누가 신발을 신고 다니나요? 실내용 슬리퍼를 벗고 양말만 신고 다니세요."

✦　　김영옥·류은숙, 『돌봄과 인권』, 코난북스, 2022, 163쪽.

그러나 이곳이 정말 집일까? 대여섯 명이 한 방에서 생활하는 공간. 엘리베이터 층 버튼이 휠체어를 타는 장애인의 손에 닿지 않는 공간. 버튼의 높은 위치에 대해 묻자 직원은 휠체어 장애인이 마음대로 버튼을 눌러 이동하는 바람에 손이 닿지 않는 위치로 옮기게 되었다고 했다. 인지적 어려움이 있는 당사자가 길을 잃을지 모른다는 우려 때문에 세운 대책이라고 하였으나 다른 방법은 없었을까 하는 질문이 남게 되었다.

내가 시설 밖 장애인을 만나 보지 못하고 장애인거주시설을 방문했다면, 장애인은 보호가 필요한 사람들이니 안타깝지만 시설 거주가 당연하고 어쩔 수 없는 일이라고 생각했을지 모른다. 학생 시절 방문했던 시설에서 마주했던 장애인에 대해 그렇게 생각했던 것처럼. 또한 시설 밖의 중증장애인의 삶도 상상하지 못했을 것이다. 그러나 함께 활동하는 장애인 동료들, 일상적으로 만나는 회원들 덕분에 그것이 당연하지 않다는 것을 알게 되었고, A시설에 방문했을 때 이전과는 달리 '보호'라는 이름의 통제가 눈에 들어왔을 것이다.

"몇 층에 가요?"

보건복지부와 서울시는 탈시설✛ 예산을 삭감하고 거주시설의 예산을 늘리고 있다. 활동지원 시간이 필요하다는 요구에는, 24시간 동안 활동지원이 필요하다면 시설에서 살아야 하는 것 아니냐는 막말을 하고 있다. 여기에 더하여 2023년 1월 발의된 장애인복지법 일부개정법률안에서는 장애인자립생활센터가 장애인복지시설 대상에 포함되었다. 장애인복지시설에는 장애인거주시설, 지역사회재활시설, 직업재활시설, 의료재활시설 등이 포함돼 있다. 기존 법에 독립된 조항으로 존재하던 장애인 자립생활센터가 개정안에서는 장애인거주시설과 같은 조항으로 묶이는 것이다.✚✚

장애인자립생활센터는 장애인 당사자 중심으로 '동료성'과 '탈시설'을 중시하며 운동을 하고 있다. 개정안대로라면, 센터에 종사하는 장애인 당사자가 갖추기 어렵거나 실질적으로 중요하지 않은 학위와 자격증 등의 기준이 강화되고, 지역을 기반으로 장애인 인권 운동을 하는 곳이라는 센터의 정체성보다 '서비스 제공'의 기능만 중시될 것이 우려되는 상황이다. 당사자의 자립을 지원하는 의미가 퇴색될 수밖에 없다.

무엇 하나 장애인의 권리를 위해서 처음부터 설계된 제도는 없다. 장애인 활동지원을 제도화하여 일상생활에서 지원받

✚　　시설에서 나와서 지역사회에서 거주하는 것.
✚✚　복건우, 「IL센터 '시설' 포함… 번지수 틀린 법안소위 통과」, 『비마이너』, 2023. 4. 27.

을 수 있는 기틀을 마련한 것이나, 활동지원서비스를 이용할 수 있는 장애인의 등급이 2급에서 3급으로 확대된 것이나 그 사이사이엔 치열한 투쟁이 있었다. 현재는 장애등급제가 폐지되어 등급을 사용하고 있지는 않지만 이 또한 완전한 폐지는 아니며, 이를 위한 투쟁도 계속 이어지고 있다.

1601년, 영국 엘리자베스 여왕 때 엘리자베스 빈민법이 제정되었다. 이 법률은 빈민에 대한 책임이 국가에 있다는 것을 최초로 규정하였다. 그러나 빈민을 '구제받을 자격이 있는 빈민'과 '자격 없는 빈민', '빈곤 아동'으로 분류하여 통제하였으며, 일할 능력이 없는 사람들을 구빈원이라는 이름의 시설에 수용했다. 이렇듯 시설이라는 공간은 그곳이 필요한 사람들을 위해 만들어지지 않았다. 거주시설은 자본주의체제에서 최소 자본으로 최대의 이윤을 끌어내는 데에 적합하지 못한 몸을 가진 사람들이 거주하는 곳이다.

시설에 거주하면 지역사회와의 연결 고리는 끊어지게 된다. 시설에 거주하면 대중교통을 이용할 필요가 없다. 이는 지역 주민과 부대끼며 일상생활을 하는 일이 차단되어 있는 것이기도 하다. 외출을 하거나 단체 여행을 가도, 기관 소유의 차량으로 이동하거나 기관에서 대여한 차량을 타고 이동한다. 시설의 건물 밖으로 거의 나가 보지 않았던 한 장애인 당사자는 지역사회 체험을 나와서도 끊임없이 "몇 층에 가요?"라는 질문을 던졌던 기억이 난다. 시설에서만 살아온 그에게 이동할 다음 장소는 항상 시설의 방이나 식당, 교육실 등의 각 층이었을 것이다.

이윤을 실어 나르는 열차의 '정각'

피부로 겪고 있는 기후의 변화를 더 이상 단순히 자연적인 현상으로 생각할 수 없게 되었을 때 '자본-여성-기후 연구 세미나'를 알게 되었다. 세미나를 통해서 자본주의체제의 억압적인 구조가 어떻게 여성의 착취, 기후위기와 연결되어 있는지를 공부했다. 이전에 생각해 보지 못했던 연결 고리에 머리가 멍해지는 느낌이 들었다. 개인적인 실천만으로는 환경을 보호할 수 없다는 막연한 생각만 가지고 있었는데, 많이 만들어 내고 그것을 소비하면서 우리가 발 딛고 있는 터전을 파괴하고 있는 현실을 알면 알수록 참담함과 막막함이 몰려왔다.

코로나19 이후에 이러한 질병들이 자연재해가 아님을, 이 재난을 초래한 원인이 있음을 사회적으로 이야기하기 시작하였고, 그 안에는 이러한 재난에서 남겨질 수밖에 없는 사람들에 대한 이야기도 있었다. 코로나19로 많은 사망자가 발생한 곳 중 집단거주시설이 있다. 개인 공간을 가지고 있지 못하기 때문에 감염에 더 취약할 수밖에 없는데, 개인 공간이 없다는 것은 사적인 시간이 없는 생활을 한다는 것이다. 지역으로부터 차단되어 있으나 그것이 위험으로부터 차단되어 있음을 의미하는 것은 아니다. 그리고 이를 위한 대책이 제대로 마련되어 있지 않음도 여실히 드러났다. 이것이 장애인의 이야기만은 아닐 것이다. 더 취약한 위치에 있는 사람들은 변화하는 상황에서 쉽게 대처하기 어렵고 그만큼 더 위험과 질병에 쉽게 노출될 것이다.

자본주의체제에서는 성장과 발전을 위해 자연만 파괴하는 것이 아니라 노동하는 인간을 파괴한다. 또한 노동에 적합하지 않는 몸을 분류하고 격리하며, 이들이 맺고 있는 관계를 파괴한다. '노동에 적합한 몸'은 '정상성'의 기준에 맞는 신체와 정신적·인지적인 능력을 가지고 있고, 성별 규범에 적합하며, 병이 있지 않은 사람 등이다.

자본가가 최대의 이윤을 끌어내기 위한 기준에 미치지 못하는 사람들은 어떤 사람들일까. 이는 시설 거주인들이 어떤 사람인지와 연결되어 있다. 거주시설이 공고하게 자리 잡고 있는 것은, 이런 분류를 통한 자본주의체제를 지속하기 위한 것이다. 그러나, 우리는 모두 나이 들고, 병든다.✚ 최대의 이윤을 생산해 낼 것으로 기대되는 젊고 건강한 몸은 누구나 가질 수 없고, 가졌더라도 그 상태에 계속 머무르는 것도 아니다. 보호, 재활, 요양이라는 이름으로 시설은 다양한 존재들을 감춘다.

출근길 지하철에서 열차가 지연될 때 시계 바늘을 보며 초조함을 느끼는 사람들은 회사에 지각할까 봐 걱정을 한다. 정확한 시간에 맞춰 정해진 일을 하고, 컨베이어 벨트가 멈추지 않도록 해야 하는 것. 출근 시간을 지키기 위해 초조해 하는 그 시간이 내가 활용하고 누리기 위한 시간이 아니라, 자본가의 이윤 창출을 위한 자본가의 시간임을 나는 깨닫게 되었다. 그리고 이러한 이윤을 실어 나르는 열차를, 이 흐름을 멈추게 하고 싶다.

각자의 방식과 속도로 삶을 이어 가기

비장애여성인 나는 왜 장애인 인권 운동을 하고 있는가? 많은 시간을 투여하지만 눈에 보이는 생산물을 만들어 내는 것도, 높은 임금을 받는 것도 아닌 활동가의 노동이 자본주의 시대에 역행하는 것처럼 보이기 때문일까? 당사자 운동 속의 비당사자 활동가에게 사람들은 왜 이 운동을 하냐고, 너와 관련 있는 문제도 아닌데 왜 고생을 하냐는 식의 의미를 담아서 물어보는 경우가 많다. 그런데 이 질문은 내가 스스로에게 던지는 질문이기도 하다. 내가 이 운동을 지속하고 있는 동력은 무엇일까 하고.

✦　전장연의 〈열차 타는 사람들〉이라는 노래의 가사에는 "우리는 모두 똑같이 나이 드는 사람들"이라는 내용이 있다.

그리고 그 질문에 지금은 이렇게 대답하고 싶다. "나는 내가 살기 위해서 지금의 운동을 하고 있다"고.

각자의 방식과 속도에 맞추어, 내가 원하는 삶을 계획하고 이어 갈 수 있도록 함께하는 것. 내가 해 온 장애인 인권 운동은 이런 가치를 가지고 있다. 그래서 장애인 인권 운동이 지향해 온 가치와 운동의 방향에서 기후위기 시대의 나아갈 길에 대해 생각하게 된다.

내가 활동하고 있는 장애인 야학의 학생들과 함께 얼마 전부터 작은 텃밭을 가꾸기 시작했다. 야학에서는 한글 문해와 같은 기초 문해 수업부터 초·중·고 과목별 학력 보완 교육과 문화 예술, 인권, 체육 등의 수업을 진행하고 있다. 텃밭 가꾸기는 동아리 형태로, 텃밭 작물에 관심을 가져 보며 수확도 해 보자는 목표로 시작하게 되었다.

건물 옥상의 작은 텃밭에 상추, 치커리, 고추, 고수, 딸기, 가지, 방울토마토를 심었다. 일교차가 커서 모종을 바로 심지 못하고 실내에 두는 동안 고수는 시름시름했고, 딸기는 혼자 부쩍 자랐다. 과연 이 식물들이 무사히 자라날 수 있을까 염려했는데 어느덧 상추와 치커리는 여러 번 점심 밥상에 올랐고, 죽어 가던 고수는 살아났으며, 혼자 키가 큰 딸기는 제철보다 일찍 꽃을 피우고 이른 열매를 맺었다.

작은 공간의 생명들 덕분에 우리는 물을 주러 가야 할지 매일 날씨를 체크하게 되었고, 웃자라는 작물을 걱정하며 이른 더위나 밤의 추위도 신경쓰게 되었다. 그리고 우리는 모종들이 각기 다른 모습과 속도로 살아 내는 것을 보았다.

야학의 학생과 활동가들도 자라는 속도가 서로 다른 모종들처럼 각기 다른 인지적, 신체적 특징과 자기만의 속도가 있다. '야학'을 부를 때, 야간학교를 뜻하는 '밤 야(夜)'에 우리는 '들 야(野)'의 의미를 덧붙인다. 학교의 틀을 가지고 있지만 제도권 교육에서 벗어나 들과 같이 우리의 배움이 이어진다. 때로는 삐걱거리면서도 서로의 속도를 존중하고 같이 걸어 나간다. 도시 속 척박하고 작은 땅에서도 모종이 뻗어 나가는 것처럼, 또 들판과 같은 야학의 모습처럼, 기후위기 속에서도 생명을 품은 공동체로부터 해결책을 찾아 나아갈 수 있지 않을까?

누구도 남겨지는 사람이 없도록

시설이 아니라 지역사회에서 살고 있다고 해서 장애인이 존중받고 살아가는 것은 아니다. 지역사회에서 노동을 하는 장애인들 중에는 최저임금 적용에 제외되는 장애인들이 있다. 장애인 작업장에서 보호라는 미명 아래, 장애인의 노동을 장애인이 받는 프로그램이고 서비스라고 하며, 일한 시간에 비해 말도 안

되는 금액을 임금으로 지급하기도 한다.✝

　반면에, '권리중심 중증장애인 맞춤형 공공일자리'는 중증 장애인의 노동에 대한 새로운 의미와 가능성을 보여 준다. 생소하고 긴 이름의 이 일자리는 노동에서 배제되고 비경제활동 인구로 살아가던 중증장애인이 지역사회를 변화시키는 활동을 하는 일자리이다. 이 일자리는 중증장애인의 노동권 보장을 위한 투쟁을 통해 2020년부터 도입되었다. 장애인 단체에서 지자체의 위탁을 받아 운영하고 있으며, 권리중심 일자리 노동자들은 유엔 장애인 권리협약의 내용을 알리고 장애인 권리를 모니터링한다.

　인식 개선 강사, 문화예술, 권익 옹호의 세 가지 직무로 나눠져 있는 권리중심 일자리는 상품이 아닌 '권리'를 생산해 낸다. 중증장애인의 노동은 장애 특성상 자본주의의 생산성과 맞지 않는 경우가 많다. 하지만 우리의 권리를 외치는 것만으로도 우리는 노동이라고 말한다. "이것도 노동이다"라고 함께 외치면서 행진을 하고, 노래를 만들고, 캠페인을 한다. 춤추기를 좋아하는 사람은 춤을 추며 자신을 표현하고, 그림을 좋아하는 사람은 그림으로 자신의 이야기를 전한다. 노래를 잘하는 사람만 노래를 하지는 않는다. 어떨 땐 불협화음의 밴드가 연주를 한다. 노래를 부를 때의 발음과 음정을 정확하게 하는 것이 언어장애가 있는 장애인과는 잘 맞지 않는다. 그러나 '우리의 존재 자체가 인간의 존엄을 드러내는 것'이라고, 우리들은 외치고 또 외친다. '누구도 남겨지는 사람이 없도록 하는 것'이 내가 몸담고 있는 운동의 슬로건이기도 하다.

거주시설이라고 이름 붙여진 물리적인 공간만 시설이 아니다. 지역사회의 구성원으로 함께 살기 어렵게 만드는 제반 환경과 인식들은 시설화를 향한 흐름이다. 장애인이 시설 밖에서 갈 만한 곳이 없고, 지원 체계가 부족해서 본인의 욕구와 달리 하루 종일 TV만 봐야 한다면 그가 선택한 대로 일상을 꾸려 간다고 보기 어려울 것이다. '시설로 대표되는' 획일화와 배제 속에서 생활하는 것은, 이웃과 함께 살아가고, 정당한 대가를 받으며 노동하고, 편견과 차별을 받지 않는, 인간답게 존중받는 삶이 무너지는 것이다. 그렇기에 시설화를 막기 위한 투쟁은 모두를 위한 투쟁이고, 오늘도 시설화에 맞서기 위해 지하철 승강장에는 사람들이 모인다.

✚　복건우, 「35년째 최저임금 밖에 놓인 이들, 장애인 노동자」, 『비마이너』, 2023. 4. 12. 기사에서는 장애인최저임금법 제도 개선 토론회의 내용을 다루면서, 보호작업장에서 장애인이 받는 임금이 10만~30만 원 사이에 그쳤던 2021년 조사 내용을 이야기하고 있다.

우리에게는
더 많은 연결이
필요하다

———

보란

상처 입은 손

"저기 선생님, 깨진 유리는 이 쓰레기통에 버리지 말고 제발 따로 배출해 주세요! 저번에 청소하다가 손을 다쳐서 한참 고생했습니다." 작년 여름 아침이었다. 수업 중에 청소 노동자분이 실험실 앞문을 열고 쓰레기통을 비우며 말씀하셨다. 그분은 고무장갑과 장화, 앞치마를 착용한 채로 땀을 너무 많이 흘리고 계셨다.

나는 칠판 앞에서 잠시 망설였다. 학생들에게 실험 과정을 설명하던 중이었고 수업을 다시 시작해야 한다고 생각해서 정중하게 말씀드렸다. "여사님, 말씀 중에 정말 죄송하지만… 이따가 얘기를 나누어도 괜찮을까요?" 그분은 쓰레기통과 각종 도구가 담긴 커다란 수레를 조용히 밀고 가셨다. 나는 문을 닫았다. 마음이 무거워졌다. 얼마 전 학생들과 수업을 하다가 비커와 눈금실린더를 깨트린 적이 있었다. 그날 깨진 유리 수거함에 검은 비닐봉지를 씌었던 것이 원인이었다. 누구라도 검은 비닐봉지 안에 깨진 유리 조각이 있는지 모르고 잡는다면 크게 다쳤을 것이다.

작년에 나는 교사로 일한 지 13년이 되었고, 학교를 다섯 번째 옮겼다. 고등학교 3학년 열두 명의 담임교사를 맡으면서 수업, 생활지도, 상담, 진로 진학 등의 업무량을 예측하기가 어려왔다. 1학년 과학, 3학년 화학Ⅱ, 생활과 과학 등 세 개 과목을 가르쳤고, 과학과 행사, 과학실 안전 및 관리 업무를 맡았다. 점심 시간과 업무 시간 외에도 2개 과학실의 청소, 실험기구와 시약 및 폐수 정리를 했다. 동료들과 일을 분담했지만 늘 여유가 없었고 고립감을 많이 느꼈다.

나는 과학과 부장 교사에게 청소노동자분의 사고 소식을 전해 듣고도 대수롭지 않게 넘겼었다. "깨진 유리 수거함'이라고 적힌 빨간색 스티커를 붙였으니까…'라며 스스로의 행동을 합리화했다. 청소노동자의 호소를 들으면서도 결국 그의 고통과 마주하는 것을 회피했다. 감정들이 몰려오는 순간 겁부터 났다.

상품을 배달하는 손

2007년 겨울, 나는 임용고시에 불합격했다. 너무 긴장했던 탓인지 문제가 풀리지 않는 것에 크게 당황하여 시험에 집중할 수 없었다. 가족들은 나의 실패에 더 휘청이는 듯 보였다. 당시에 아빠는 조울증을 겪고 있었다. 어릴 적부터 가족에게 안정적인 돌봄을 받지 못했던 아빠는 자신을 돌보는 일과 가족을 돌보는 일에 서툴렀다. 중고차 매매 사업이 잘될 때에는 일에 빠져 지냈지만, 불황이 오면서 아빠는 쉬는 날이 많아졌다. 아빠는 주변 사람들에게 적절한 도움을 요청하지 못하고 홀로 끙끙 앓기 시작했다. 가족들은 장기간 씻지도 먹지도 않는 아빠를 돌볼 방법을 찾지 못했다. 병원에 가지 않으려는 아빠를 강제로 입원시키는 방법 말고는 다른 길을 상상조차 할 수 없었다. 아빠는 퇴원 이후에도 조울증이 심해졌고 자기 의사를 존중하지 않고 입원시킨 가족들을 책망했다. 그러던 어느 날 아빠와 엄마는 심하게 다투었다. 나는 엄마가 맞는 것을 보고 경찰에 신고했다. 하지만 경찰은 아빠가 진정된 것을 보고는 별말 없이 돌아갔다. 나는 엄마의 멍든 팔을 사진으로 찍고 가정폭력 쉼터를 알아봤지만, 엄마와 나와 동생이 바로 갈 수 있는 쉼터를 찾기 어려웠다.

친가의 장례식 때문에 아빠가 며칠 집을 비운 사이, 나는 서울에 원룸을 구해 엄마와 동생과 함께 집을 나왔다. 급하게 받은 카드 대출도 갚아야 했기에 우리는 빨리 일을 구해야 했다. 얼마 후 엄마와 나와 동생은 대형 백화점의 설날 선물 배송 아르바이트를 구했다. 새벽 6시까지 성수역 물류센터에 찾아갔고 각자 배정된 택배 차량에 짐과 몸을 실었다. 기사 옆에서 재빨리 송장을 확인하고 고객에게 전화해서 배송 계획을 안내했다. 그리고 초인종을 누르고 고객에게 상품을 직접 전달했다.

이렇게 여성 노동자는 상하차 대신 택배 보조를 맡아서 고객에게 안내하고 상품을 전달하는 일을 했다. 여성은 남성보다 적은 일당을 받았지만 일손이 부족할 때는 상하차와 택배 보조를 동시에 하기도 했다. 택배 기사가 무거운 짐을 함께 내려 줄 때도 있었지만 대부분은 택배 보조가 직접 날랐다. 가끔 아파트 경비노동자가 출입을 가로막으며 화를 낼 때도 기사는 차 안에서 나오지 않았다. 홀로 실랑이를 벌이다가 서러워질 때가 종종 있었다.

서울의 주거는 불평등했다. 서울 중심가에는 반지하 원룸, 엘리베이터 없는 구형 아파트, 초고층의 주상복합 아파트, 개인 엘리베이터와 주차장이 있는 프라이빗 빌라, 전원주택 등이 있다. 우리는 한겨울에도 땀을 흘렸다. 엄마는 일하는 내내 보드라운 보라색 코트를 입고, 그 위로 큰 노란색 작업용 조끼를 걸쳤다. 무겁고 커다란 짐을 들고 계단을 수시로 오르내리면서 엄마의 코트도 점점 바래 갔다.

차 안에서 기사님과 이야기를 나누는 시간이 종종 있었다. 기사들은 개인사업자로 계약해서 일하는데, 물류센터에서 일하는 시간 외에는 에어컨 설치 등 다른 일들도 함께 하며 생계를 유지한다고 했다. 택배노동자가 왜 시간에 쫓기며 일을 할 수밖에 없는지 그 이유를 알게 되었다. 기업은 이윤 창출을 위해 노동자를 극한의 상태까지 몰아세우면서도 손해와 위험을 떠넘겼다. 특히 간접 고용과 택배 업무의 위계화는 택배 보조와 같은 일용직 노동 착취를 쉽게 하는 제도적 토대가 되었다.

백화점 아르바이트를 하면서 사회 구조의 문제에 관심이 생겼다. 어느 날 나는 와인 세트를 들고 급하게 뛰다가 아스팔트 위에서 떨어트렸다. 느슨하게 포장된 부분이 뜯어졌고 병은 깨지지 않았다. 처음에는 내가 변상하지 않아서 다행이라고만 여겼지만, 시간이 지나면서 노동자에게만 상품 파손의 책임을 묻는 것이 이상하다고 생각했다.

또한, 엄마와 같은 일을 하면서 엄마에게 친밀감을 넘어서는 일체감을 느끼기도 했다. 우리는 매일 지하철을 타고 퇴근하면서 각자의 노동 현장에서 마주한 부조리함과 비극에 관해 이야기를 나누었다. 그리고 땀범벅이 된 몸을 씻기 위해 대중탕으로 갔다. 서로의 등을 밀어 주면서 엄마의 몸이 점점 야위어 가는 것을 봤다. 서로의 몸을 보살펴 주는 소중한 시간이었지만, 나에게 고된 노동을 지속할 자신이 없음을 알아차렸다. 동시에 엄마만큼은 내가 꼭 지키고 싶다고 생각했다.

무한경쟁에 내몰린 손

택배 아르바이트를 마치고 나서 연구원을 꿈꿨다. 눈여겨보던 전공 분야의 교수님께 면담을 신청했다. 교수님은 형편이 어려운 나를 실험센터 연구보조원으로 고용하여 월급 80만 원을 받도록 도와주셨다. 그러나 나는 과외나 아르바이트를 구하지 못했기에 월급을 대학원 학비로 모으지 못하고 생활비로 썼다. 대학 입학을 앞둔 동생은 경제적 부담을 주고 싶지 않다며 아빠의 집으로 돌아갔다.

엄마는 편의점 아르바이트를 구했고, 이어서 대형마트의 계산원으로 일했다. 의자가 뒤에 있었지만 늘 서 있어야 했고 식사 시간으로 30분이 주어졌다. 오전에는 밥 한 끼, 오후에는 간식, 빵과 우유 정도로 때웠다. 오전과 야간 근무를 교대로 수행했고, 퇴근하면 가사·돌봄 노동을 하느라 제대로 잠을 자지 못했다.

나는 연구실 미팅 첫 발표를 준비하는 과정에서 학부생보다 학업 역량이 부족하다는 생각 때문에 자신감을 많이 잃었다. 교수님과 연구실 선배들의 지원과 조언만으로는 넘을 수 없는 현실적인 장벽이 있어 보였다. 교수님께 대학원 입학을 포기하겠다고 말씀드렸다. 경제적 지지 기반이 없는 나에게는 교사임용시험 준비가 가능성 있는 선택지라고 느껴졌다. 무엇을 하고 싶은지 고민하는 것도 경제적 여유가 있는 사람이나 할 수 있는 것일지도 모른다고 생각했다.

나는 경쟁의 중심으로 서서히 스며들어 갔다. 치열하게 공부할수록 함께 공부하는 동료를 밀어내고 있었다. 마음이 흔들리면 나도 실패에 내몰릴 것 같은 절박감을 느꼈다. 그래서 많은 이들의 좌절과 슬픔에 등을 돌렸다. 그리고 2009년 9월 쓸쓸하게 교사가 되었다.

아프고 고립된 손

2008년 엄마는 마트 노동자로 일하다가 폐 결절을 발견했다. 자신의 몸을 돌볼 여건이 되지 않았기에 당시에는 이상소견을 대수롭지 않게 넘겼다. 2011년 엄마는 건강검진에서 폐 결절을 또 발견했고, 추가적인 검사와 수술을 통해 폐암 3기라는 진단을 받았다. 특별한 가족력이 없고 흡연도 하지 않는 엄마에게 대체 왜 폐암이 발생한 것인지 알 수 없었다.

폐암 판정 이후 4년이 지났을 때, 엄마는 반대쪽 폐와 뇌까지 암이 전이되었다. 폐암 수술과 뇌 감마나이프 수술 이후에는 표적치료제를 매일 투약해야만 했다. 그러던 어느 날 종양내과 의사가 진료 중에 '라돈의 위해성 평가 연구'✛ 참여를 권유했다. 두 개의 실내 라돈 측정기를 한 달 동안 거실과 안방에 설치하면 된다고 했다. 우리는 이 측정기를 20년 넘게 살았던 아파

✛ 　연구보고서 「실내 라돈 개인기반 노출평가 및 통합 위해관리 기술 개발」, 연세대학교 원주 의과대학 라돈 위해성 평가 연구센터.

트에 설치했다.

　미국환경보호국(EPA)에서는 라돈을 흡연 다음의 폐암 발생 요인으로 경고하고 있다. 라돈은 3.82일의 반감기를 가지고 있는 방사성원소이며, 방사성 붕괴를 거칠 때 고에너지 알파 입자가 방출된다. 우라늄과 토륨 원자가 붕괴할 때 무색무취의 라돈 기체 및 라돈 자핵종이 발생한다. 바위와 토양 및 물 속에도 라돈이 포함되어 있으며, 높은 농도의 라돈이 콘크리트 건축 자재 또는 지반 균열을 통해 실내로 들어온다. 지하에서 추출한 연료나 광물을 다루는 근로자들을 라돈 노출 고위험군으로 분류할 수 있다.

　엄마는 집안에서 가장 많은 시간을 보냈다. 가사·돌봄 노동자로 쉴 새 없이 일하는 사이에 많은 화학물질에 노출되었을지도 모른다. 2017년 3월에 실시한 검사 결과를 우편으로 전해 받고 놀랐다. 거실의 라돈 수치는 세계보건기구(WHO)에서 권장하는 $100Bq/m^3$을 넘긴 $141.8Bq/m^3$이었다. 안방의 라돈 수치는 $227.6Bq/m^3$이었다.[+] 안전하다고 믿었던 집에서 가장 많은 시간을 보낸 사람은, 가사·돌봄 노동자인 엄마이다. 게다가 음식 조리 과정 중에는 초미세분진, 다핵방향족탄화수소(PAHs), 폼알데하이드, 아크릴아마이드 등이 발생하기도 한다. 이 물질들은 디젤 연소물, 대기오염 먼지, 중금속과 함께 1급 발암물질인데, 장기간 다량의 노출이 있는 경우에 폐암 발생 위험이 증가할 수 있다.

코로나19 대유행은 엄마를 더욱 고립시켰다. 엄마는 외출하는 내 뒤통수에 대고 "꼭 그렇게 나가야만 하니?"라고 소리치기도 했다. 나는 엄마에게 내 노력을 인정받지 못하는 것만 같아 서운함을 느꼈고, 그러다 보니 엄마와의 관계가 점차 서먹해졌다. 엄마는 동생과 더 많은 시간을 보내면서 서로 돌봄을 주고받았다.

그런데 작년 여름부터 엄마의 병세가 위중해졌다. 암세포가 부신으로도 전이되었고 엄마는 총 열다섯 번 방사선 치료를 받았다. 시간이 흘러도 통증은 회복되지 않았고 점점 심각해졌다. 엄마는 앉지도 못하고 잠들지도 못한 채 어찌할 바를 모르고 불안해 했다. 겨우 신약 임상 시험을 하고 있던 것마저 견딜 수 없게 되었다.

엄마는 힘겹게 CT 검사를 마치고 나서 담당 의사에게 호스피스 병원에 가고 싶다고 말했다. 가족들은 고가의 면역항암 치료를 감당할 수가 없었고, 나와 동생은 그 사실을 인정하는 수밖에 없었다. 나는 엄마의 치료를 포기하는 것 같아서 무력감과 절망감을 느꼈다. 엄마가 죽음을 선택하는 것만 같았다. 하지만

✦   국내 환경부와 미국의 환경보호청에서는 실내 라돈 농도를 148Bq/m³ 이하로 권장하고 있다.

호스피스 담당 의사는 가정에서 관리할 수 없는 암성통증을 병원에서 조절하는 것이 환자를 위한 최선의 길이라고 상담해 주었다. 엄마는 연명치료 중단 서류에 서명하고 호스피스 병동에 입원했다.

나는 간병휴직을 하지 못했다. 대신에 일주일에 한 번씩 PCR 검사를 하고 주말마다 엄마 곁에서 지냈다. 동생이 잠을 잘 때도 엄마 손을 꼭 잡는 것을 본 후 나도 엄마의 손을 꼭 잡기 시작했다. 엄마가 의식이 있을 때 가장 오래 함께 지냈던 기간은 수능 시험 주간이었다. 코로나19 대유행 탓에 일주일간 원격 수업으로 전환되었기 때문이다. 우리는 주일 미사를 보고 나서 병원 내부와 연결된 텅 빈 공원을 거닐며 단풍을 구경했다. 마지막 가을은 눈부시게 아름다웠다.

연결된 손

엄마의 간병을 위해 짐을 챙기다가 문득 청소노동자의 다친 손이 떠올랐다. 엄마는 호스피스 병동에서 청소, 돌봄, 보건의료에 종사하는 '필수노동자'들에게 많은 도움과 정서적 지지를 받았다. 그것을 보면서 나 또한 청소노동자와 서로 연결되어 있음을 깨닫게 되었다.

우리는 사회가 개인에게 요구하고 기대하는 것처럼 자율적이며 독립적인 존재로 온전히 살아갈 수 없다. 인수공통 감염 질병을 겪으며, 환경과 개개인이 상호적으로 밀접하게 연결되어 있으며 동시에 '취약성'을 가지고 있다는 것을 인정할 수밖에 없었다. 우리는 취약한 환경과 조건에 놓인 이에게 필요한 돌봄을 증여하는 행위를 통해 타인을 돕는 자기 존재를 새롭게 발견할 수 있다. 나도 취약한 존재로서 남으로부터 돌봄을 받는 것에 대해 스스로를 부끄럽게 여기지 않아도 된다는 것을 깨달았고 기쁨과 감사의 마음을 갖게 되었다.

여성은 가정과 사회에서 주변적이고 부차적인 위치에 놓여 있다. 국가와 기업 또한 돌봄 노동을 여성이면 아무나 할 수 있는 일쯤으로 무시하고 최저임금 정도 지급하는 것을 당연하게 여긴다. 코로나19 대유행 때 학교가 담당해 온 육아·돌봄 노동의 공백이 크게 드러나자, 필수노동의 가치가 재평가되면서 여성 노동의 차별과 저평가를 개선해야 한다는 목소리가 커졌다. 그러나 필수노동의 고령화·여성화·저임금화는 여전히 나아지지 않았다. 특히 고령의 여성 노동자는 이중적인 성역할을 요구받으며 노동한다.[+] 무성의 존재이길 요구받으면서 '돌봄과 세

[+]　관수·깡통·명숙·홍차, 「기획 : 청소노동과 청소노동자의 삶 ③ ― 나이가 많으면 직업은 정해진다?」, 인권운동사랑방, 2010. 10. 27.

심함'이라는 여성의 성역할도 강요받고 있다. 가부장적 기업과 국가는 여성의 노동을 아르바이트나 용돈벌이일 뿐이라고 여기며, '여성은 이기적이다, 능력이 부족하다, 끈기 없다'라는 고정관념과 편견을 가지고 여성이 집중된 노동 분야를 저평가해 왔다. 이는 백인 비장애인 남성 중심의 사회에서 살고 있는 청소년과 성소수자, 노인, 장애와 질병을 가진 노동자, 이주 노동자에게도 비슷한 논리로 적용된다.✝

나는 청소노동자께 직접 사과드리기로 다짐했다. 그분이 일하고 계실 때 조심스럽게 다가가 죄송한 마음을 건넸다.

"그때 고무장갑을 끼고 비닐봉투를 집어서 옮기는데 날카로운 유리에 찔렸거든. 상처가 잘 낫지 않아서 더 고생했어요."

그분은 옅게 미소를 띠며 말씀하셨다. 나는 학교에서 치료비 지원을 받았는지 여쭤보았다.

"그 일은 그냥 혼자 치료하고 그렇게 넘어갔지…. 이제 다 잊었어요."

그분은 서운한 마음을 애써 누르는 듯 화장실 청소를 이어서 하셨다.

해가 바뀌고 엄마는 금식을 권유받고 소변줄도 하게 되었다. 그리고 잠에서 깨어날 때마다 섬망 증세를 보였다. 나는 엄마에게 자주 시간과 날짜를 알려 드렸고, 엄마가 몸을 일으키고 싶다는 의사를 표시하면 병실을 거닐 수 있도록 도왔다. 엄마는 마약성 진통제의 영향으로 자신의 모습을 잃어 가는 것을 극도로 두려워했다. 통증이 심해질수록 안정제와 진통제 투여량을 올리면서 식사도 못 하고 잠자는 시간이 늘어났다. 엄마는 의사, 원목 수녀님과 신부님을 부르며 '빨리 죽을 수 있게 해 달라'고 요청하기도 했다. 2월 중순, 엄마는 임종을 준비하는 방으로 자리를 옮겼다. 나는 쪽잠을 자며 병원, 집, 학교를 바쁘게 오갔다.

우리는 엄마의 신호를 놓치지 않기 위해 노력했다. 달력에 엄마의 컨디션과 미세한 변화를 세세하게 기록했다. 엄마에게 필요한 것이 있는지 계속 여쭤보았고, 조금이라도 힘들어 하거나 싫어하는 기색이 보이면 억지로 하지 않으려 노력했다. 간호사와 자원봉사자들이 엄마가 원하는 것을 스스로 할 수 있도록 기다려 주는 것을 보고 배운 덕분이었다.

나는 봄꽃을 엄마와 같이 보지 못했다. 엄마의 두 눈에 수포가 점점 부풀어 올랐고 몸 군데군데 욕창이 생겼다. 얼마 후 손끝과 발끝이 조금씩 차가워졌고 붉은 반점이 보였다. 엄마와 이별할 날이 얼마 남지 않은 것을 느꼈다. 평일에도 PCR 검사를 하러 병원에 갔고, 학교에서도 집에서도 초조하게 핸드폰을 바

✚ 김철식 외 지음, 전국불안정노동철폐연대 기획, 『모두를 위한 노동 교과서』, 오월의 봄, 2021, 162~163쪽.

라봤다. 3월 학교 보호자 총회를 앞두고 동생으로부터 엄마의 혈압과 산소포화도가 낮아졌다는 연락을 받았다. 우리는 넷째 외삼촌과 외숙모와 함께 엄마의 곁을 지켰다.

장례식과 특별 휴가를 마치고 학교에 복귀했을 때 손을 다쳤던 청소노동자분이 먼저 안부를 물어주셨다. 나는 조문 답례로 준비한 떡을 드렸고, 그분은 슬픈 눈빛으로 엄마의 죽음을 애도해 주셨다.

쉬지 못하는 손

어느 날 나는 청소노동자분의 눈이 과로로 새빨갛게 충혈된 것을 보았다. 내가 근무하는 학교에서는 고령의 여성 청소노동자 두 분이 복도와 교실, 교무실, 화장실 청소를 하는 동시에 학교의 모든 쓰레기통과 분리수거함의 폐기물을 수거한다. 무더운 여름에는 에어컨이 없는 복도와 화장실을 아침 일찍부터 청소하다가 온몸이 땀으로 흠뻑 젖은 채 교무실에 와서 얼음 봉지를 부탁하기도 한다. 더욱이 올해는 학생 수가 급격하게 늘어나서 화장실을 아무리 청소해도 금방 지저분해졌다. 용변을 보고 물을 내리지 않거나 변기에 휴지를 집어넣어 막기기 일쑤였다. 세면대는 잘린 머리카락들로 금세 지저분해졌고 화장실 바닥에는 길게 풀어 헤쳐진 휴지가 쌓여 있었다.

　나는 그분이 어떤 환경 속에서 일하는지 관심조차 없었다. 이렇듯 학교에 청소노동자가 존재한다는 사실조차 쉽게 잊어버리는 이유는 무엇일까? 그동안 우리는 각자의 노동에 고립되어 많은 일을 감당해야 하는 탓에 '학교 노동자'로서 연결해야 할 필요성을 전혀 느끼지 못했다.

　학교는 청소노동자의 작업을 감독하고 지시하지만 그들의 복리후생과 노동환경을 개선할 책임과 의무를 지지 않았다. 교육청에서 학교를 매입하기 전까지는 학교 내부에 손을 댈 수 없기 때문이다. 청소노동자는 BTL✚을 운영하는 민간 건설업체와 근로계약을 맺는다. 그래서 마땅히 있어야 할 샤워실이 없어도 요구하지 못하고, 필요한 청소 도구 구입을 요청하는 것조차 망설일 수밖에 없다. 노동자가 의견을 제시한다 해도 이를 보고한 후 승낙을 받아야 관련 조처가 마련될 수 있다.✚✚

　노동자를 차별하고 그들의 목소리를 주변화하는 것은 자본의 권한 강화로 이어진다. 정규직과 비정규직의 차별을 심화시키며 최저임금 인상을 최소화하고, 노동의 가치와 성과를 임의

✚　Build Transfer Lease(임대형 민간 투자사업). 민간 사업자가 돈을 투자해 학교 등 공공시설을 건설한 뒤 국가나 지자체에 소유권을 이전하는 것으로, 20년간 임대료를 지불한다.

✚✚　「노동자의 쉴 곳, 어디에 있을까? ③ ― '이곳 없으면 육체피로 경험 3.4배 상승⋯ 현실은 이렇습니다'」, 『오마이뉴스』, 2021. 10. 19.

로 서열화하여 임금을 차등적으로 지불하는 일이 그러하다. 학교도 '최저낙찰 방식'의 청소용역업체 선정과 노동 외주화를 통해 인건비를 손쉽게 줄인다.✛ 청소노동자의 임금 체계는 직무별로 임금을 달리하는 직무급 방식이다. 임금을 산정할 때 경력과 숙련도, 역량이 전혀 고려되지 않는다. 게다가 청소노동자는 '시간의 중간 착취'를 당한다. 자발적으로 무급 초과 노동을 하게 하고, 휴게시간을 많이 잡아서 유급 노동시간을 줄인다. 하지만 그들은 재계약을 무기로 쓰는 사측의 지시 감독에 전혀 대항할 수 없으며, 높은 헌신과 조직 몰입을 요구받는다.✛✛ 문재인 정부는 2017년 12월부터 공공 부문 비정규직을 정규직으로 전환했다. 학교 청소노동자는 무기계약직이 될 수 있었지만 저임금 체계를 비롯한 고강도 노동환경의 현실은 여전하다.

함께 멈추는 손

2023년 3월 31일에는 학교 비정규직 노동자들의 파업이 있었다. 그들은 교육부와 각 시도 교육청의 무책임한 임금, 정책, 급식실 폐암 산업재해 종합대책 등의 단체협약 교섭을 규탄했다. 전교조 부천중등지회 채팅창에서는 학비노조(전국학교비정규직노동조합) 파업을 함께 응원하자는 메시지가 올라왔다. 한 중

학교 선생님은 성금 후원을 조직했고 급식 중단 파업에 연대하는 이유와 '계기 교육'**** 실천 사례를 계속해서 공유해 주었다. 학생들의 제안이 교육청이 내놓은 미봉책보다도 현실적으로 느껴졌다. "저희 어머니도 급식노동자로 일하고 계셔서 그 일이 얼마나 고되고 힘든지 잘 알고 있습니다"라는 메시지도 눈에 띄었다.****

나는 엄마가 폐암을 겪으면서 천주교 영성원에서 조리 종사자로 일했던 것을 떠올렸다. 일을 시작하고 일 년이 넘었을 때 새로 온 주방장에게 지속적인 괴롭힘을 당하다가 일방적으로 계약 해지를 통보받았다. 나는 한참을 고민하다가 원장 신부님께 전화해서 "왜 퇴직금조차 받지 못하고 쫓겨나는가?"라고 질문했다. 신부님은 단호하게 "여기는 아픈 사람이 봉사 차원에서 일하는 곳이 아니다"라며 말했다. 나는 그것이 부당해고의 사유가 될 수 없다고 항의했다. 결국 엄마는 사과받지 못했는데 신부님에게 퇴직금이라고도 할 수도 없는 적은 금액을 받은 것의 일부를 사회에 기부했다.

✦　황춘화, 「최저임금도 꿈인가?」, 『한겨레』, 2011. 3. 14.
✦✦　「여의도 청소·경비·시설 노동자 첫 조사 ─ "일은 연공급처럼, 임금은 직무급으로"」, 『매일노동뉴스』, 2022. 12. 22.
✦✦✦　공식적인 교육 과정과 상관없이 사회적인 이슈나 사건을 가르치기 위해 실시하는 수업.
✦✦✦✦　교육노동자현장실천, 전교조 조합원 김진 선생님 메시지.

내가 학교를 다니는 동안에도 엄마는 도시락을 싸주시느라 항상 분주했다. 심지어 항암 부작용으로 고생하는 와중에도 육식을 하지 않는 나를 위해 저녁 식사를 꼭 챙겨 주셨다. 내가 요리를 돕거나 설거지를 할 때 엄마의 손가락을 보면서 유난히 손가락 마디가 튀어나왔다고 생각했다. 어느 날 엄마가 손가락에 심한 통증이 있어서 병원에 갔을 때 그것이 류마티스 염증 때문이라는 것을 알게 되었다. 의사는 최대한 손가락 관절에 무리가 가면 안 된다고 강조했다.

나는 엄마가 힘들게 일했던 것을 기억하며 파업 연대 성금을 보냈다. 아침 시간에 학생들에게 급식노동자들의 파업 뉴스를 공유하고, 그분들의 노고와 안전하게 노동할 권리를 잊지 말자고 이야기했다.

울퉁불퉁한 마디를 가진 손

나는 학교 급식노동자의 이야기를 직접 듣고 싶었다. 월요일 점심시간마다 급식실에서 생활 지도를 할 때에 급식노동자들을 자세히 볼 수 있었다. 긴 방수용 앞치마를 입고 장화를 신은 탓에 움직이는 것이 매우 불편해 보였다. 부족한 음식을 조달하기 위해 무거운 통을 나르고 빠르게 배식하기 위해 수시로 움직였다. 그러다 보니 위생용 모자와 마스크 사이에는 땀이 가득 맺혀 있었고, 하얀 긴 팔 셔츠와 팔 토시, 고무장갑에는 음식물이 여기저기 묻어 있었다.

급식노동자는 학교 업무 메신저를 사용하지 않아서 급식실로 직접 찾아가는 수밖에 없었다. 급식 업무가 마무리될 무렵, 나는 급식실 문 앞에 서서 한참을 기다렸다. 그리고 문 앞에 다가온 급식노동자분에게 어렵게 말을 꺼냈다. 그분은 학교에 알려지는 것이 걱정되었던 터라 인터뷰하는 것을 신중하게 고민해 보겠다고 하셨다. 며칠 후 나는 인터뷰의 목적과 엄마의 이야기를 적은 손편지를 그분께 전해 드렸다. 그분은 일정을 잡자고 문자메시지를 주셨다.

인터뷰 당일, 급식실 안에서 교육공무직 급식종사자 두 분과 이야기를 나눴다. 두 분의 경력은 각각 10년, 16년이었다. 두 분은 주변 사람들이 급식노동자들의 파업 뉴스를 듣고 건강을 걱정해 주고는 있지만, 쉴 틈 없이 일해야 하는 급식 노동 현장에 대해 공감해 주는 사람이 없는 것처럼 느껴진다고 하셨다. 한여름에도 늘 똑같은 복장으로 일하는데, 땀이 너무 나서 서너 번 옷을 갈아입는 것은 물론이고, 옷을 손으로 짜면 물이 나올 정도라고 했다.

"정말 땀띠가 나요. 냄새도 풀풀 나고."

"장화를 오래 신으면 습하니까 접촉성 피부염에 걸려요."

나는 급식노동자가 아플 때 쉴 수 있는지 걱정되었다.

"어휴, 내가 쉬면 그걸 고스란히 다른 사람이 감당해야 하는데요. 병가조차 낼 수가 없어요."

"저희한테서 파스 냄새가 안 나요? 시간에 쫓기다 보면 무거운 것을 여러 번 들다가 자주 부딪히는데 엘보(팔꿈치 염증 및 근육 손상)를 많이 겪어요."

실제 급식노동자의 10명 중 8~9명이 근골격계 질환을 앓고 있으며, 근무 중에는 병원에 다니지 못해 방학을 이용하여 치료를 받을 수 있다고 한다.✝

나는 업무 분담의 방식에 대해서도 물었다.

"저희는 누군가가 아파서 나오지 못하게 되면 그 사람의 일까지 분담해야 하니, 형평성에 맞게 서로 일을 돌아가면서 순환제로 일해야만 해요. 하지만 우리 학교는 외곽에 있다 보니 교통이 불편해서 일하러 오려는 사람도 없어요. 여기에 일하려고 왔다가도 금방 그만둬요. 그래서 신규로 오신 분께 정말 잘하려고 노력해요."

"우리 학교는 급식 종사자 필수 인원에서 두 명이나 부족해요. 선생님들도 정말 바쁘시겠지만, 배식과 퇴식 생활 지도를 요청하지 않으면 저희가 도저히 버틸 수가 없어요."

급식실은 전쟁터를 방불케 한다고 말씀하셨다. 급식은 조리가 끝나고 두 시간 이내에 제공되어야 하는 것이 원칙이다. 내가 근무하는 고등학교의 급식실은 중학교와 함께 있어 배식을 매일 두 번 해야 한다. 보통 점심 식사는 그야말로 "밥을 밀어 넣듯이 먹는다"고 했다. 그런데 신선도가 유지되어야 하는 상추 무침, 조리해서 바로 먹어야 하는 국수와 오븐 요리를 해야 할 때는 점심 식사마저 미뤄야만 한다. 많아야 20~30분도 되지 않는 쉬는 시간조차 불분명해진다. 심지어 급식실에서도 슬리퍼를 갈아신을 시간이 없어서 장시간 장화를 신을 수밖에 없다. 그래서 한 분은 2주 전부터 발에 통증이 심해졌는데 결국 류마티스 염증이라는 진단을 받으셨다고 하셨다.(결국 그분은 올해 6월에 병가를 냈다고 한다.)

말씀을 들으며 두 분의 손을 보았다. 빨갛게 붓고 유난히 손가락 마디가 튀어나온 것을 보고 놀랐다.

"이게 반납한 식판을 손으로 하나하나 분리해서 세척기에 넣다 보니 자주 금속에 부딪히면서 손에 무리도 가고 손가락이 변형된 것 같아요. 예전에는 애벌 설거지까지 해야 해서 정말 많이 힘들었어요."

나는 대부분 학교의 급식실 노동환경이 매우 좋지 않다는 사실에 크게 놀랐다. 우리 학교 환경이 상대적으로 좋은 부분도

✛　　「군대보다 힘든 학교 급식실, 폐암 확률 35배에 골병투성이」, 『노컷뉴스』, 2022. 10. 15.

있다고 말씀하셨다.

"우리 학교는 급식실이 넓어서 청소하는 것이 정말 힘들기는 해요. 그래도 공조기를 자주 돌리거나 환기를 시키기 때문에 그나마 쾌적한 편이에요. 실제로 샤워실에 샤워기 하나만 있는 낙후된 학교도 많아요. 저희는 인원수에 비해 샤워기가 조금 부족한 편이지만 그래도 다섯 개나 되고, 여성만 있다 보니 씻고 옷 갈아입는 것도 편해요."

2023년 5월 교육청은 코로나19 대유행 기간에 방역 인력을 지원하던 것을 종료했다. 그렇게 되면 일손이 부족한 급식실 종사자가 학생들이 사용한 식탁을 소독하는 일까지 해야 한다. 학생들이 쉴 새 없이 식사하고 급식실을 나가는 동안에 청소, 퇴식구 정리, 분리수거도 결국 급식노동자의 몫으로 남겨진다.

이렇듯 학교 급식노동자는 저임금·고강도 노동조건에 놓여 있다. 학교를 지을 때 경제성과 효율성을 중시하여 건물을 배치하다 보니 부차적으로 여기는 급식실 및 휴게실 공간은 협소해진다. 수도권 신도시 과밀학급 학교는 조리·급식 환경과 환기 시설이 매우 열악하다. 급식실이 주차장이나 교실 바로 앞에 있거나 지하에 있기도 하고, 휴게실은 창문이 없거나 급식실과 다른 층에 배치되어 노동자가 이용하기 어렵다. 인천대 노동과학연구소에 따르면, 급식실 적정 식수 인원 기준은 1인당 87명인데, 초중고 급식실은 무려 1인당 120~140명에 이른다.✚ 그들은 장기간 일할수록 폐암을 비롯한 다양한 암, 뇌출혈에 걸릴 확률이 높다는 연구 결과✚✚가 발표되었지만, 정작 교육부와 교육청은 산업재해와 인력난 문제를 비정규직 상시 충원으로 해결할 뿐이다. 양질의 교육 돌봄·복지 시스템을 안정적으로 운영하기 위한, 급식노동자 당사자가 참여하는 민주적 노사협의체를 만들어야 한다. 학급당 학생 수 감소, 정규직 일자리 확충, 노동 차별 시정에 함께 힘을 모으는 것이 지금 당장 필요하다.

각자도생 말고 서로의 손을 잡고서

학교의 모든 노동자는 위기 상황에 놓였을 때 도움을 직접 요청할 수 있는 동료가 필요하다. 학교 교육과 관련된 수많은 노동은 상호의존하며 생존에 필수적인 돌봄 노동을 전제하고

✚　「"일할 사람 없나요" '폐질환 주의보'에 학교 급식실 구인난」, 『이데일리』, 2023. 3. 12.

✚✚　2022년 전국 17개 시도 교육청이 실시한 학교 급식노동자 폐 CT 검진 결과, 대상자 42,077명 중 32.4%인 13,653명이 폐 이상 소견, 341명이 폐암 의심자 판정을 받았다. 그러나 이 검진은 55세 이상 또는 경력 10년 이상 학교 급식 종사자를 대상으로 추진한 것이다.

있다. 그러나 현재 기본적인 인권과 노동권을 보장하는 제도적 시스템이 매우 열악하다. 취약한 위치에 있는 노동자일수록 혼자 험난한 노동을 감당하지 않으면 생존에 위협을 받을 수 있다. 자본은 이윤 극대화를 위해 노동의 가치를 교묘하게 위계화하는데, 경제적 이윤과 획일적인 기준에 따라 노동의 가치를 평가한다. 이에 따라 인력과 자원이 차등적으로 배분되는데 이 과정은 계속 악순환한다. 특히 노동자는 생존을 위해서라도 경제 성장과 자기 착취 논리에 자발적으로 순응할 수밖에 없다. 자본은 그들이 겪는 고충을 구조적 불평등이 아닌 노동자 개인의 문제로 치부하며 직접적인 책임을 회피하고 이윤을 무한 증식한다.

사회에 다양한 상호돌봄이 가능한 작은 공동체를 구성할 권리를 요구할 수는 없을까? 나는 어릴 적부터 무한경쟁 사회로부터 낙오되지 않기 위해서 오로지 가족을 붙들 수밖에 없었다. 가족의 우울증을 돌보는 이를 돌보는 작은 공동체가 있었다면, 이 길고 어두운 늪에서 작은 변화라도 시도해 볼 용기를 쉽게 낼 수 있지 않았을까? 나는 불안정한 삶의 조건에 너무 몰두한 나머지 자기 자신을 부족하게 여기고 착취하며 장시간 학습 노동을 했다. 그러다 보니 진실한 감정과 진정한 욕구를 느끼는 것도, 부정의에 질문을 던지고 저항하는 것도 잊어버렸다. 또한 경쟁을 통과해 정규직이 되면서 능력주의에 따라 배분되는 성과급과 임금, 복지 혜택을 의심하지 않고 그대로 받아들였다.

그러나 학교에서 만연한 성차별과 성폭력을 재발견하면서 몸과 마음이 모두 아프기 시작했다. 다행히도 먼저 마음을 보이며 선뜻 돌봄을 제공하는 동료들이 곁에 있었다. 새로운 가족을 만난 것만 같아서 희망이 생겼다. 그들의 존재만으로도 의지가 되었고 나도 조금씩 자존감을 회복할 수 있었다. 그러다 보니 타자의 고통에도 마음을 열게 되었으며, 안전하고 성평등한 학교를 만드는 일에 조금씩 힘을 보탤 수 있었다. 여러 느슨한 공동체 활동에 참여하며 동료들의 질문과 응답을 들었고, 나와 타자를 착취하는 일로부터 한 걸음씩 물러나는 연습을 할 수 있었다. 지금은 교육 노동자, 창작자, 활동가, 자원봉사자의 정체성으로 다양하게 살아가고 있다. 그리고 동료들과 함께 취약성과 불평등을, 돌봄과 페미니즘, 기후위기를 계속해서 이야기하고 싶다는 꿈을 갖게 되었다.

우리는 학교에서 '성평등'과 '노동', 그리고 '기후위기'에 대해 제대로 배울 수 있어야 한다. 현재 학교는 대학입시 준비 기관이자, 자본주의 체제에 순응하는 노동력을 양성하는 사회화 기관이다. 동시에 학교는 혈연·혼인 중심의 가족이 소유한 부가 세습되고 계급을 재생산하는 기관으로 중요한 기능을 수행한다. 그러면서 사회의 차별과 폭력 기제를 재생산하고 은폐시키는 시공간이 되기도 한다. 이를 성찰하지 못하고 교육을 통해 비인간적인 노동 규율을 내면화한다면 기후위기의 원인이자 결과인 자본주의의 경쟁, 각자도생, 노동 착취, 생태 학살의 기제를 재생산하게 될 것이다. 학교도 하나의 사회이며 노동과 정치의 장이다. 구성원이 함께 기존 규범과 관습을 비판적으로 바라보면서 공동체적 규율과 대안적 제도를 만들기 위해 노력하다 보면, 다양한 자아와 삶의 정치를 실현할 수 있는 토대를 마련할 수 있을 것이다.

그리고 우리는 필수적으로 공유할 수밖에 없는 삶의 조건**+**을 돌보고 저항하는 과정에 감각과 마음을 열어야 한다. 지구를 수많은 비인간 존재들이 긴밀히 연결된 생명 공동체로 바라보고 자신 또한 그 일부로서 평등하고 평화로운 관계를 맺는 것을 같이 연습해야 한다. 이를 통해 서로를 잘 돌볼 수 있는 삶의 조건을 더욱 다양하고 정의롭게 만들어 나갈 수 있을 것이다. 특히 이 과정에서 개개인이 '자신에 대한 새로운 정의(의미)를 내릴 용기'를 가질 수 있도록 지지하고 돌봄을 주고받는 것이 필요하다.

마지막으로, 나는 세상을 떠난 엄마와 함께 기도한다. 우리가 누리고 있는 일상과 자연에 감사하는 것에만 머물지 않기를. 가부장 자본 권력이 착취와 폭력을 일삼는 것을 발견하고 증언하는 시간에 몸소 뛰어들 수 있기를. 내 스스로가 폭력과 죽음의 정치에 자유롭지 못하다는 사실을 깨닫는 순간이 찾아오기를. 그 순간을 타인과 함께 공유하는 '용기'를 기꺼이 증여할 수 있기를.

✚　　주디스 버틀러, 『지금은 대체 어떤 세계인가』, 김웅산 옮김, 창비, 2023, 166쪽.

하지만

신념은 스몰토크, 취향,

그리고

농담처럼 단단하지

_____

장수정

'현장'이라는 곳

20대 내내 여기저기 '현장'이라고 부를 만한 곳을 다녔었다. 평택 미군기지 싸움이 있었던 대추리, 용산 참사 이후의 용산, 농부들이 싸움을 하던 두물머리나 밀양 할매들이 투쟁하던 곳. 주로 미디어 활동으로 연대하는 곳이었고 현장에 가면 기록하는 동료들, 친구들이 있었다. 그 당시를 돌아보면 '현장미디어 활동'이라는 이름으로 이런 활동을 정의하기 시작하던 때였다. 어딜 가든 현장에는 기록하는 미디어 활동가들이 있어야 한다는 것이 그때의 생각이었다. 집회를 하러 갔는데 카메라를 든 사람이 없으면 왠지 속상하고 자책을 하게 되던 그런 시기였다.

"너희는 그래서 집에 언제 가니?"

처음 내가 투쟁 현장의 지킴이로 오랫동안 활동했던 곳의 싸움이 정리될 즈음 어떤 주민에게 들었던 말이다. 내가 너무 순진했는지, 나는 늘 그 싸움과 내가 한 몸과도 같다고 생각했기 때문에 그 질문이 당황스러웠다. 살짝 뒤통수를 맞은 것 같기도 했다. 그때부터 어렴풋이 느꼈던 것인지도 모른다. 아, 이 현장이 곧 나의 현장은 아니로구나. 그런데 내 현장인 것처럼 착각했구나. 어쩌면 내가 그들에게 짐을 지운 것은 아니었을까? 뭔지 모를 복잡한, 정리되지 않는 기분이었다.

물론 나는 그 후로도 늘 이런저런 현장을 드나들었다. 하지만 동시에 마음 한편으로 '이곳에 너무 마음을 주지 말자'는 이상한 다짐도 하고 있었다. 그런 다짐을 하면서도 계속 현장에 있었던 이유는 무엇이었을까? 내 일상적인 공간에서의 나는 익명의, 있는지도 없는지도 모르는 사람이었지만 현장에서는 그나마 나의 존재가 드러나는 것 같았다. 내가 할 수 있는 일이 있는 것 같았다. 그래서 현장에 있는 것이 좋았는지도 모르겠다. 하지만 현장이란 건 무엇일까? '나의 일상과 이것은 얼마나 아득한가?'라는 고민이 시작된 건 그 즈음이었다. 그 뒤로도 그렇게 전국의 '현장'이라는 곳을 돌아다니며, 내 삶의 공간에서는 부유하는 존재인 '나'와 꼭 어떤 현장에서만 '주체'로 설 수 있는 것처럼 느껴지는 생활이 때로는 버거웠다.

그래도 20대 내내 전국 여기저기를 다니면서 많은 것을 보고 배웠다. 현장에서 미디어 활동을 하던 나는 이후 다큐멘터리를 제작했는데 그 영화를 상영하러 전국에 있는 대학들을 실컷 다녀 보기도 했다. 4대강 다큐멘터리를 기획하고 제작하면서 전국의 미디어 활동가들을 만나고, 여러 지역에서 일어나고 있는 다양한 미디어 운동, 공동체 운동들도 목격할 수 있었다. 나 자신은 어설프고 부족했지만 그런 사람들과 현장을 만난 것은 행운이었다. 재미있어 보였다. 그러다가 '공동체라디오'라는 것이 있다는 것도 알게 되었다.

나에게 큰 인상을 남긴 것은 대구의 '성서공동체라디오'인데 성서공단 근처에서 이주노동자들을 포함한 지역 주민들의 목소리가 되고 있던 공동체라디오였다. 대구에서 활동하는 선배들의 공동체에 대한 생각이나 미디어 운동에 대한 생각도 나에게 많은 귀감이 되었다.✚ 소위 말하는 '운동'의 언저리에 있으면서 나는 자신들의 의견을 알리고 주장하려는 운동에만 익숙했다. 그런데 공동체라디오는 달랐다. 공동체라디오는 플랫폼을 만드는 운동이었고, 사람들의 이야기를 모으는 운동이었다. 우리 이야기를 들어 보라며 주장을 시끄럽게 하기보다는 사람들이 이야기를 할 수 있는 플랫폼(방송국)을 만들고✚✚ 거기에 많은 사람들이 모여 자신들의 이야기를 하게 만들었다. 그렇게 무언가를 만든다는 것, 만든다는 상상은 생경하고 신기한 경험이었다. 나도 나이가 들면 언젠가, 아주 나중에 그런 것을 해 보고 싶다고 어렴풋하게 생각했던 것 같다.

　　그렇게 떠돌아다니다가 동네에 오면 친구들이 있었다. 어릴

✚　　10년 넘게 이런 얘기를 한 적이 없기 때문에 대구의 언니들은 이런 나의 생각을 전혀 모르고 있다. 만약 이 글을 본다면 너무 놀랄 것 같다. "니 뭐라노? 니가 언제부터?"라고 이야기하지 않을까.

✚✚　물론 이런 방송국을 만드는 것은 쉽지 않다. 운영할 주체는 비영리 사단법인이어야 하고 방송국 운영과 예산, 기술 운영에 대한 전체적인 계획을 방송통신위원회에 제출해야 한다. 지역사회와 어떻게 협력하고 있는지도 증명해야 한다. 하루 6시간 이상 방송이 송출되어야 하고, 매달 방송국 운영 상황 등 제출해야 하는 일상적 문서도 많다.

때부터 지금까지 살고 있는 곳. 동네에는 20대부터 40대가 된 지금까지 만나는 동네 친구들이 있다. 지금은 사라진 모 진보정당의 당원으로 처음 만났었고, 영화를 하는 사람들이거나 문학을 하는 사람들이었다. 밖을 떠돌다 동네에 오면 이들이 있었다. 우리는 서울 서대문구 여기저기를 돌아다녔다. 명지대 조교들의 처우를 둘러싼 싸움이나, 북아현동의 재개발 과정에서 남아 투쟁하는 '놀란곱창'에 지속적으로 연대했던 기억도 있다. 우리는 여기저기를 함께 오가기도 하고, 동네에서 술을 마시기도 하고, 멀어졌다가 다시 가까워지기도 했다.

나는 20대 후반에 비교적 일찍 첫 영화를 완성해서 어쩌다 보니 그 친구들 중에 제일 먼저 영화로 데뷔를 했고, 다큐멘터리계(?)의 반응도 나쁘지 않았다. 그럼에도 나는 다큐멘터리를 만드는 것이 나와 맞지 않는다고 느꼈다. 스스로를 '예술을 할 수 없는 사람'이라고 결론지었다. (그런 건 그냥 알게 된다. 예술 활동을 하는 사람들을 보다 보면, '아, 창작은 저런 사람들이 하는 것이로구나! 근데 난 아닌데?' 이런 느낌이 든다.) 다른 것을 하자고 생각했다. 나는 창작자로서 작품 활동을 하기보다는 여러 사람들과 함께 무엇인가를 만들어 가는 일을 더 좋아한다는 것을 알게 되었다. 그렇게 30대 초반을 맞이했다. (그때 영화를 준비하던 친구들은 이제 모두 훌륭한 영화감독들이 되셨다.) 그게 2012년이었다.

우리 동네가 '현장'이 된다면

2012년부터 동네 친구들과 '삼삼오오 영화제'를 함께 운영하다가 2013년도부터 동네에서 '가재울라디오'를 본격적으로 시작하게 되었다. 친구들은 예술가들의 모임인 '창작집단3355'를 만들고 활동하기 시작했다. 가재울라디오와 창작집단3355는 동료로서 아니 그보다는 가족 같은 느낌으로 지금까지 함께 다양한 일들을 협력해 오고 있다. 20대와 30대에는 친구로, 30대와 40대에는 대안적인 조직을 운영하는 동료로 관계를 맺어 온 것이다.

'언젠가 나이가 들면 나도 지역에서 활동을 해 봐야지. 공동체라디오 같은 걸 해 보고, 단독주택에 사무실도 만들어야지✚' 라고 생각했는데, 그 시기가 생각보다 빨리 찾아왔다. 나는 30대에 들어서며 내가 일상생활을 하는 곳에서 활동을 해 보자고 마음을 먹었다. 그 즈음 결혼을 했는데, 당시 관악공동체라디오에서 활동하던 남편의 영향도 있었다. 물론 주변에서 걱정하는 사람들도 물론 많았지만 그때는 막상 별 생각이 없었던 것 같다. 지금 생각하니 '대체 무슨 용기로?'라는 생각이 들긴 한다.

✚　　그 당시 홍대 주변에는 단독주택 형태의 건물에 출판사들이 입주해 있는 경우가 많았다. 그게 좋아 보였나 보다.

특히 창작집단3355의 대표인 문문과 서대문공동체라디오의 대표인 나는 지난 십 년간 대표 정체성을 체득해 오면서 대표로서, 조직을 이끄는 리더로서 서로가 성장하는 모습을 지켜봐 왔다. 조직 운영이 어렵게 느껴질 때에는 함께 고민을 나누기도 하고 서로 조언을 해 주기도 한다. 만나서 세금 이야기만 한 시간 넘게 하기도 한다. 자주 만나지는 못한다. 그렇지만 힘들고 넋두리가 필요할 때에 찾게 되는 사람이 문문과 3355의 사람들이다.

책을 좋아하는 우리는 책방을 하자는 이야기를 수시로 주고받았다. 옛날 책을 좋아하는 남편(서대문공동체라디오 제작본부장 황호완 PD)이 옛것을 좋아하는 우리 라디오 진행자와 함께 고서점을 하고 싶다고 한다거나, 우리가 나중에 건물을 지으면 일층에는 책방을 하자는 이야기를 하는 것은 늘 있는 일이었다. 그냥, 우리 동네 사람들은 이런 이야기를 자주 한다. 라디오 주파수를 받겠다거나, 교통이 불편하니 언젠가 주민들이 운영하는 마을버스를 만들자거나, 동네 연구소를 만들자거나, 협동조합으로 병원을 만들자거나… 뭐 그런 아이디어를 끝도 없이 늘어놓곤 했는데, 그게 가망이 없는 흰소리가 아니라 모두 우리 중 누군가가 어떻게 하자고 할 것을 기대하면서 하는 이야기인 것 같기도 하다. 밥 먹으면서 술 마시면서 끝임없이 이렇게 서로 아이디어를 늘어놓고 또 누군가에게 퍼뜨리고 서로를 부추긴다.

가재울라듸오로 활동한 지 8년이 되던 2021년. 그해는 마을 라디오로 8년을 활동한 우리에게 변화가 필요한 해였다. 우리는 조직의 목표를 주파수 획득과 주민자산화로 두고 활동을 확장하기로 했다. 늘 말로만 떠들던 이야기를 실제로 실행하기로 한 것이다. 가재울라듸오는 임의단체에서 비영리사단법인으로 전환하고 라디오 주파수를 받고 방송국을 만들기 위한 준비로 정신이 없었다.✦ 그리고 2022년에 서대문공동체라디오는 주민자산화 방식으로 라디오 방송국 건물을 지었다.✦✦ 맨날 모여서 서로 늘어놓던 아이디어, 그리고 서로를 부추기는 사람들 속에서 건물까지 짓게 된 것이다. 이것은 많은 주민들, 서대문공동체라디오 회원들이 함께해서 가능한 일이었다.✦✦✦ 그래서 총

✦　공동체라디오는 방송통신위원회의 허가를 통해 특정 지역(자치구 단위)에서 사용할 수 있는 주파수를 배정받는다. 지역에 기반을 둔 비영리 사단법인이 운영할 수 있으며, 방송 활동을 할 수 있는 방송국 공간이 필수적이고, 하루 6시간 이상 방송 의무 등을 가지고 있다. 방송 제작자는 지역 주민들이며, 지역의 이야기를 전하고 공동체를 만드는 것을 방송국의 목적으로 한다. 하루에 6시간 이상 방송을 하기 위해 주민들의 지속적인 참여가 필수적이다. 서대문FM은 2023년 7월 현재 하루 20시간 방송을 하고 있다.

✦✦　서대문공동체라디오는 지역 주민들이 편하게 활동할 수 있는 공간을 만들고 싶다는 생각을 오랫동안 가지고 있었다. 주민들이 익숙하게 찾아올 만하면 이사를 해야 하는 세입자의 불안이 없는 우리 공간을 갖고 싶었다. 그것은 지역 활동을 하는 많은 주민들의 바람이기도 했다. 공동체라디오 허가를 받으면서 공동체라디오에 필수적인 공간을 지역의 자산으로 만드는 지역자산화 방식으로 신축했다. 주민들의 모금과 기부, 많은 도움과 마음이 모여서 가능한 일이었다.

✦✦✦　이렇게만 요약하기에는 쉽지 않은 시간이었다. 가재울라듸오 시작부터 자산화 과정까지는 다른 지면에서 소개할 계획을 가지고 있다.

4층으로 지은 건물은 라디오 방송국이자 주민들과 함께 쓰는 공간이기도 하다. 1층에 책방은 없다. 대신 1층은 주민들을 위한 커뮤니티 공간으로 쓰고 있다.

공동체라디오와 비건책방이 있는 동네

친구들은 다른 곳에 책방을 만들었다. 일 때문에 제주도에 오가던 친구들은 책방을 제주도에, 그리고 곧 서울에도 만들었다. 그런데 '비건책방'이라고 했다. '이건 또 뭐야? '비건'을 이렇게도 사용할 수 있나?' 싶었다.

얼마 전 문문에게 왜 책방을 시작했는지 물었다.

"저는 고민이 될 때는 책을 읽고, 기분이 안 좋으면 라디오를 들어요. 책이랑 라디오, 이 두 개는 세상의 어떤 시작과 끝처럼 안 사라질 것 같은데, 제가 라디오 방송국을 차릴 수는 없을 것 같아서…."(웃음)

그래, 책방은 우리가 늘 하고 싶다고 했던 것이니까. 그런데 왜 비건일까? 비건책방이라는 말이 낯설었다.

"비건이 식생활만이 아니라 지금 기후위기 시대에 우리가 가져야 할 중요한 지향점인 것 같아요. 내 주변의 동료, 친구, 가족들이 이런 생각을 같이 가져 주면 내가 덜 외로울 것 같아서요. 비건 생활도, 같이하는 사람들이 많아야 오래가요. 내가 왜 이렇게 먹고 왜 이렇게 입는지, 내 마음의 배경을 이해해 주는 사람들이 많아져야 그 생활이 지속될 수 있는 거죠."

이렇게 비슷한 시기에, 창작집단3355는 '삶의 태도로서의 비건'을 지향하며 비건책방을 열었고 서대문FM은 지역자산화를 통해 방송국 건물을 지었다. 과정은 조금 다르지만 그 생각의 배경은 비슷할지도 모른다. 함께 살아가기 위한, 장기적인 전망을 가질 수 있는 공간 혹은 어떤 형태를 만들고 싶은 것.

솔직히 말하자면 나에게는 비건적인 삶이라는 말은 아직도 좀 낯설다. 하지만 친구들이 비건책방을 운영하기 시작하면서 어느새 우리 공동체 사람들도 '비건책방'이라고 발음하며 '비건이란 무엇일까?' 하는 생각을 떠올리게 된다. 나는 이런 것이 물리적 실체가 갖고 있는 영향력이라고 생각한다.

굳이 비건적이라고 이름 붙이지 않았지만 나는 늘 이런 고민들을 하곤 했다. 어떻게 하면 에너지를 소비하지 않고 걸어서 갈 수 있는 동네 안에서 주변 사람들과 서로의 삶에 필요한 것들을 해결할 수 있을까? 꼭 시내로 나가지 않아도 문화적인 경험을 동네에서 할 수 있을까? 어려운 일이 생겼을 때 혼자 해결해야 한다는 강박을 버리고 어떻게 주변에 손 내밀고 도울 수 있을까? 어떻게 하면 돌봄에 대해서 함께 고민하는 공동체를, 일터를 만들 수 있을까? 비건과 직접 상관 없어 보이는 것일 수도 있다. 하지만 도시에서 서로가 고립되면서 늘어나는 것은 결국 소비이다. 혼자 해결할 수 없는 것들을 우리는 대부분 돈을 들여서 해결하기 때문이다. 그런데 이웃들이 함께 해결할 수 있다면, 가까운 곳에서 해결할 수 있다면, 그래서 불필요하게 에너지와 시간과 돈을 소비하지 않아도 된다면, 그것도 비건적인 삶 아닐까?

친구들이 제주와 서울을 오가기 시작한 지 꽤 되었다. 친구들은 요즘도 매주 제주에 가고, 나는 전화로 늘 "지금 어디야? 제주도야?"라고 묻는다. 멀게만 생각했던 비건이라는 가치가 친구들의 일상처럼 어느새 내 생활 속에 들어와 있음을 느낀다.

살고 싶은 하루하루를 모으면 신념이 된다

나이가 들어 가면서, '신념'이라는 것이 엄청난 지각 변동이나 각성이 아니라 소소한 자극들이 지속되는 것이라고 생각하게 되었다. 생활이 거기에 녹아드는 것. 예를 들면 방송국이라는 플랫폼 안에 나의 생활이 귀속되어, 주민들의 자기 표현과 소통할 권리, 미디어 접근성 같은 운동의 대의를 소리내서 외치지 않아도 그것이 곧 우리의 생활이 되게 하는 식이다.

내가 공동체라디오 운동에 매력을 느낀 것은 그것 때문이었다. 누군가의 신념을 시끄럽게 떠들기보다는, 서로의 이야기를 듣고 내가 좋아하는 노래도 들려 주면서 서로의 목소리에 귀 기울이게 되는 것이다. 나는 그래서 공동체라디오 운동이 아름답다고 생각한다. 사실 우리가 주장하는 것은 어떻게 보면 급진적인 전파에 대한 권리, 우리의 미디어를 가질 권리이지만 그 형태는 재미있는 동네 라디오의 모습을 하고 있다. 7080 음악을 트는 음악 방송이고, 주민들의 사연을 읽어 주는 방송이다.

친구들과 삼삼오오 시작했던 동네에서의 활동이 어느새 십 년을 채웠고, 그동안 조금의 변화를 이룬 것 같기도 하다. 얼핏 보면 고생을 사서 하는 사람들이다. 이걸로 어떻게 먹고사느냐? 왜 이런 일을 하느냐? 힘들지 않느냐? 제일 많이 듣는 질문이다. 당당하게 이야기하고 싶지만, 가끔은 내가 하는 일을 사람들이 무시한다는 느낌이 들 때도 있다. 우리가 삶에서 좋은 것을 포기하고 사서 고생을 하고 있을 뿐일까? 나는 문문과 이야기를 나누며 고민을 정리(?)하곤 한다.

"비건에 대해서도 마찬가지야. 비건이 어떤 걸 포기한다고 생각하는데, 사실 포기나 단절이 아니라 새로운 더 넓은 선택을 하는 거 아닐까? 진짜 새로운 즐거움이 기다리고 있어요. 음, 더 행복하고 더 안전해. 그런데 모두 똑같은 삶을 살 수는 없으니까, 저는 사람들이 동네에서 스몰토크를 하는, 취향과 신념의 친구들을 많이 만들었으면 좋겠어요."

'예술가들의 모임을 만들고 싶어', '라디오 방송국을 하고 싶어'라는 마음으로 시작한 일이 십 년이 되고, 많은 사람들이 이 일로 먹고살 수 있는 구조를 만드는 동안, 창작집단3355도 서대문공동체라디오도 이 일이 낭만적인 일이 아니라 치열한 싸움이라는 것을 알게 되었다. 돈으로부터 자유롭기 위해서는 돈을 벌지 말아야 한다고 생각하는 비영리단체들도 있겠지만 우리는 조금 다른 결을 가졌다. 어떻게 돈을 만들지, 어떻게 지속 가능한 구조를 만들 수 있을지를 제일 많이 고민하고, 그 안에서 타협하지 않기 위해 노력한다. 얼마 전에 누군가에게도 이야기했는데, 우리의 활동 자체가 '현실과 이상의 끊임없는 줄타기' 같다.

가벼운 마음으로, 하지만 힘껏 살고 싶은 방향으로

예전에는 늘 가볍게 말하는 문문이 잘 이해가 되지 않았다. 그러나 이제는 가볍게 말하기 위해 어떤 가볍지 않음이 있어야 하는지 조금은 알게 되었다. 우리는 결국 가볍지 않은 신념을 가지고 스몰토크를 하고 취향을 공유하며 하루하루를 힘껏 자신이 원하는 방향으로 가져가려고 하는 건 아닐까?

'스몰토크'와 '취향'이라는 말로 자신의 신념을 설명하는 문문이 재밌다. 나는 '농담'이라는 단어로 나의 신념을 설명하고 싶다. 나는 사람들 앞에서 이야기할 기회가 있을 때마다 '사람들을 한 번 이상은 웃겨야 해'라는 생각으로 꽤나 고심하는 편이다. 심각한 것보다는 웃기는 것이 좋다. 내 이야기를 듣고 사람들이 웃겨 하면 그게 참 기분이 좋다. 팍팍한 것들 사이에서도 농담할 수 있는 여유. 재미있는 것을 만나면 반짝이는 눈. 사람들과 동네에서 만나 인사를 나누고 스몰토크를 나눌 때, 우리가 좋아하는 것들을 함께 만들어 보자고 시작도 끝도 없는 수다를 떨고 농담을 나누며 낄낄거릴 때, 나는 행복하다.

서대문구에 살면서 많은 것들이 사라지고 다시 생기는 것을 보았다. 내가 살던 남가좌동, 마지막까지 개발에 진통을 겪고 있는 북아현동, 나 역시 가재울 5구역 재개발 과정에서 쫓겨난 사람이고 쫓겨난 사람들은 아직도 주변에 많다. 나는 결혼 때문이기도 하고 개발 때문이기도 하고, 남가좌동을 떠났다가 서대문공동체라디오의 사옥을 지으며 다시 남가좌동으로 돌아왔다. 그리고 이곳에는 당연하게도 다시 재개발을 바라는 사람들도 나타났다. 왜 세상에 아파트만 있어야 한다고 생각하는 것일까? 너무 재미없지 않은가? (나는 이번만큼은 재개발을 꼭 막아 낼 생각이다.)

동네를 걷다 보면 비건책방이 있고, 단골 비건 음식점과 비건 카페가 있다. 근처 골목에는 주민들이 함께 만든 공동체 주택과 마을 극장이 있다. 그 은행나무길 근처에 우리 방송국도 한 자리를 차지하고 있다. 아이러니하게도 요즘에는 개발에 반대하는 활동을 하면서 골목골목 아는 분들이 늘어나고 있다. 은행나무길과 남가좌동 전체에 반가운 이웃들이 늘어나고 있어서, 개발하겠다고 나선 사람들에게 고맙다고 해야 할 것 같다. 그리고 '미안하지만 이런 식이면 개발은 하지 말아야 하지 않을까?'라고 충고하고 싶기도 하고 말이다. 그래, 고맙고 미안하다고 해야겠다.

책방이 있고 라디오 방송국이 있는 동네. 공동체에서 함께 지은 공동체 주택이 있고, 아기자기한 작은 가게들이 서로 관계를 확장해 가는 동네. 이런 곳에 살 수 있다는 사실이, 여기를 내 삶터로 삼을 수 있다는 것이 기쁘다. 물론 다 똑같이 살 필요는 없지만 다른 사람들도 이런 삶에 조금 더 가까워지면 좋겠다고 생각한다.

서대문공동체라디오는 2023년 4월 27일 개국한 뒤 60명 가까운 방송 참여자들이 40개 이상의 방송을 매주 제작하고 있다. 생각해 보니 라디오는 스몰토크와 농담이 난무하는 곳이기도 한데, 그 이야기들이 모여 또 다른 삶의 의미를 만들어 낸다.

서울 서대문구 안에서 91.3MHz 라디오를 켜면 서대문FM을 들을 수 있다. 서대문 지역 안에서만 통용되는 주파수이다. 운전하며 라디오를 듣는 주민들은 "서대문 밖으로 나가면 기가 막히게 안 나온다"고 하시는데, 요즘은 애플리케이션으로 다른 지역에서도 들을 수 있어 편하다. 운전을 하면서, 사무실에서 일하면서, 가게를 보면서, 나와 같이 서대문에 사는 사람들이 만드는 방송을 듣는 것은 즐거운 일이다. 아는 사람이 방송에 나오면 반갑고, 매일 아침저녁으로 산책하는 홍제천 이야기가 나오면 귀기울여 듣고, 좋아하는 노래가 나오면 기분이 좋다.✚

어쩌면 신념은 그런 것이 아닐까? 단단하다기보다는 물컹한 것. 스몰토크와 농담처럼 나도 몰래 옆에 있는 것. 그렇게 생활이자 일상인 것. 그런 것들은 스륵 스르륵 빠져나가서 없애려고 해도 없어지지 않는다. 신념은 그래서 오히려 두부같이 물컹하다. 손에 잡아 부숴도 빠져나가고, 거기다 두부는 맛있기까지 하잖아.

어쨌든 나는 앞으로도 계속 사람들과 스몰토크를 하고 농담을 하고, 또 새로운 것을 만들자고 하고 있을 것 같다. 우리의 신념은, 이 일상은. 두부처럼 단단하니까.

✚　2023년 7월 현재, 서대문FM의 조회 수는 일주일에 4,000에서 5,000 사이인데, 올해 안에 10,000 조회 수를 찍어 보고 싶다는 꿈을 가지고 있다.

둑과 빛과 물의 시

윤은성

작은 사람이 큰 사람을 따라다니곤 할 때

그러다 매를 맞거나 너무 큰 사랑을 받곤 할 때

젖은 채 서 있지 말라는 말과

함께 있자는 말을

울음으로밖에 할 수 없던 아이들이 있었고

아이들은 자라서

일을 하고 가정을 꾸리기 시작했어

다정한 걸 찾아 자꾸

강해지는 방법밖에 모르게 된

우리가 있더라

빛과 물

머리에 고깔

자주 햇볕과 비와 비탈 속
우리는
저수지로 몰려가 머물렀지
서로를 정말 안전하게 웃게 해 주자고
녹아 가는 동토에서 마지막으로 산책하는 강아지
가 있다면
무슨 생각을 하면서 사람을 바라볼지
바라보지 않을지

궁금해 하자고

하지만 이건 내가 만들어낸 이야기
사라질 것 같으면 이야기를 만들었다
이야기 곧 사라질 이야기를

우리는
해마다 겨울이 끝날 즈음
교문에 플래카드가 붙는 학교에 다녔고

학교는 아직 있어
다정함을 배우는 방법이 무섭다

*

물고기는 물 밖에서 죽지만
많은 물에서도 죽고
고인 물에서도 죽고
안전한 물에서도 바늘을 먹고 죽고
버둥거리다가 죽거나
여러 철 농약에도 죽어

*

우리가 슬픔을 얼굴에 눌러 붙인 물고기들이었을 때
사람이 되고 싶어서 사람을 먹는다는 여우의 이야
기를 읽었지
사람이 만든 이야기

하지만 여우의 마음도 꼬리들의 움직임도
모두 슬픈 마음으로 말을 걸어오는 거였다고
그렇게 생각하면
여우가 들려준 이야기를 사람이 틀리게 가지고서
돌아오게 된 거라 생각하면

자유롭게
물고기도 자유롭게
물에서 살다가 자신의 속도로
모두와 멀어지는 게
가능할 것도 같아

우리는 마르지 않는 짚 냄새도 알았지
점점 상해 가는 음식 냄새 같은 것
우리에게선 어떤 냄새가 나게 될까

우리는 고기인데

그 학교는 아직 있어
저수지가 말랐다가 또다시 범람하는 동안에도

*

아이를 기르는 친구가
지어진 지 얼마 안 된 신혼집을 내놓았다고 했다
곧 무너질 매물이라고 했다

내가
지붕이 부서진 구옥 가장 아랫집에서 살 때
친구가 보고 싶었는데

가기가 어려웠다

저녁이 지나는 게 긴 우기 같았고
물이 벽을 타고 아래층으로 모였다

잠에서 깨면 또 다른 소식이
새로 많이 생겼다

*

서로에게 조금 먼 곳에서

부서진 빛을 빠르게 되비춰 준다

언제까지 더 자라야 할지 몰라서

지금 빛이 되어 비추기로 했기 때문이다

너무 크거나 작아서

발견되지 않는 죽음들이

줄곧 깜빡거렸다

(『시산맥』 2023년 봄호 발표 작품 재수록)

윤은성

해남에서 태어나고 자라서 상경했다. 자주 귀향(또는 귀농, 귀촌)을 결심하며 아직은 도시에 남아 있다. 기후위기를 체감한 후 관련해 자주 다양한 감정을 느낀다. 동료들과 함께 공부할 때, 고양이와 눈맞춤할 때 자주 용기와 안전함을 느낀다. 시, 소설, 문학비평을 주로 쓰며 시집 『주소를 쥐고』, 시론서 『아직 오지 않은 시』(공저)를 펴냈다.

희음

다양한 형태의 불안정 노동을 하면서 시, 에세이, 비평, 기록 글을 써 왔다. 평등한 관계 맺기와 상호 돌봄이 어떻게 모두의 일상이 될 수 있을지를 고민하며 여러 모임과 세미나를 만들고 꾸렸다. 멸종반란한국에서 2년간 활동하면서 기후정의의 관점과 보편적 돌봄의 감각을 배웠다. 시집 『치마들은 마주 본다 들추지 않고』를 펴냈으며, 『김용균, 김용균들』『무르무르의 유령』『구두를 신고 불을 지폈다』를 함께 지었다.

은수

하천산책러. 하천 생태계에 관심이 많다. 시를 쓰는 것을 시작으로, 주로 여성주의 영화 비평, 에세이 등 쓰는 일을 해 왔다. 요즘은 어떻게 담론이 현장 그리고 일상과 긴밀히 연결될 수 있을지 고민하다가, 책상 앞을 벗어나 몸을 움직이기 시작했다. 페미니즘 공동시선집 『구두를 신고 불을 지폈다』에 참여했으며, 웹진 『쪽』에서 영화 비평 에세이를 연재한 바 있다.

이상현

논-바이너리 글로컬 활동가. 삶에 도사린 어려운 문제를 푸는 것을 좋아한다. 지금은 노동-젠더-인권 영역을 아우르는 기후위기 대응 활동에 몰입하고 있다.

배윤민정

문화기획자, 작가. 서울 마포구에서 글 쓰는 여성들의 열린 작업실 '신여성'을 운영하며, 글 쓰는 이들이 서로 만날 수 있는 다양한 문학 프로그램을 기획한다. 에세이 『나는 당신들의 아랫사람이 아닙니다』, 『아내라는 이상한 존재』를 썼고, 팟캐스트 〈에세이클럽〉을 제작한다. 사회의 통념에서 어긋나는 이야기, 다수의 지지를 받지 못하는 이야기를 쓰는 이들에게 언제나 애정을 품고 있다.

최지원

문학 상담을 공부하고 있다. 언제나 관심 있는 것은 슬픔과 농담, 수치심과 사랑. 예술을 둘러싼 응답의 자장 속에서 서로를 자유롭게 하는 돌봄이 가능하다고 믿는다.

이충열

네 마리 반려견의 노후를 위해 서울에서 마당이 있는 단독주택에 세들어 살며 '부쟈-놀이'를 하게 되었다. 『화가들은 왜 비너스를 눕혔을까?』를 썼고, 『네가 좋은 집에 살면 좋겠어』, 『재-관람차』, 『A Research on Feminist Art Now: Re-Record』 등을 함께 썼고, 밀양 할매들의 이야기를 담은 〈송전탑 뽑아줄티 소나무야 자라거라〉와 강정 평화지킴이와 연대한 〈밀양×강정: 우리는 산다〉, 노동자의 목소리를 담은 〈세상을 만든 사람들〉과 〈힘전〉, 산재를 우리의 일로 느끼기를 요청하는 〈다시는〉 전시 등을 기획하고 설치한 '여성주의 현대미술가'이다.

이은지

장애인 인권 운동을 하는 사람이다. 현실 속 문제들과 마주하기 싫어서 이야기 속 해피엔딩을 좋아하던 소녀는, 현실의 문제를 바꾸고자 활동가가 되었다. 장애인자립생활센터를 거쳐 현재는 장애인 야학에서 활동하고 있다. 나의 속도와 특성을 존중받는 일상을 꾸려 가고 싶고, 내 일을 하면서 오래 사는 게 꿈이다.

보란

고등학교에서 화학을 가르치고 있다. 시를 좋아하며 예술을 통해 낯선 존재와 만나는 시간을 즐긴다. '기후위기 앞에 선 창작자들' 모임에서 활동하고 있다. 최근 사별 가족이 되었고, 우울증을 겪으면서 월요일 저녁마다 길고

양이 쉼터 자원봉사 일을 하고 있다.

장수정

2006년 평택미군기지 반대 싸움 현장에서 '들소리방송국'으로 미디어 활동을 시작했다. 여성영상집단 '반이다', 강원래 프로젝트에서 다큐멘터리 제작과 기획에 참여했다. 미디어 정책과 전국 현장 미디어 활동을 지원하는 네트워크 활동을 했고, 2013년 서울 서대문에서 '가재울라디오'라는 마을 라디오로 시작해 2023년 현재 서대문공동체라디오(서대문FM)를 운영하고 있다. 서울 서대문 지역에서 91.3MHz의 주파수로 송출되는 서대문공동체라디오는 서대문 안에서 라디오를 켜면 들을 수 있다. 라디오를 누가 듣느냐는 질문을 십 년째 듣곤 하지만, 여전히 라디오는 건재하며 앞으로 더 재미있는 매체가 될 것이라고 생각한다. 서대문 주민에게 오래도록 사랑받는 라디오 방송국을 꿈꾼다.

자본-여성-기후 연구 세미나

희음이 기획해 '신여성' 작업실에서 2022년 10월부터 2023년 2월까지 진행한 세미나. 이후 아르코 공공예술사업의 지원으로 더 깊은 읽기와 쓰기를 수행했다. 세미나에서는 자본주의가 왜 지금의 지배적인 이데올로기가 되었는지, 자본주의 체제가 왜 여성과 사회적 소수자에 대한 불평등과 능력주의를 토양화하며 이를 동력 삼아 자라날 수밖에 없었는지, 이것이 어떻게 기후위기를 초래할 수밖에 없는 메커니즘이 되는지를 공부하고 토

론했다. 또한 세미나를 통해 토론하고 연구한 객관적인 개념과 지식을 각
자의 개별적인 삶을 해석하고 삶의 방향성을 재설정하는 비평적 글쓰기로
녹여 냈다.

우리 힘세고 사나운 용기

초판 1쇄 발행 2023년 10월 30일

지은이 배윤민정 보란 윤은성 은수 이상현 이은지 이충열 장수정 최지원 희음
펴낸이 오은지
책임편집 오은지
디자인 정효진
제작 세걸음

펴낸곳 도서출판 한티재
등록 2010년 4월 12일 제2010-000010호
주소 42087 대구시 수성구 달구벌대로 492길 15　**전화** 053-743-8368
팩스 053-743-8367　**전자우편** hantibooks@gmail.com
블로그 blog.naver.com/hanti_books
한티재 온라인 책창고 hantijae-bookstore.com

이 책은 2023년 한국문화예술위원회 공공예술사업의 지원을 받아 출판되었습니다.